그 때가 내 인생 최고였어

소후

머리글

인생 최고의 순간은 70부터

2022년 리더스에세이 공동 테마는 〈내 인생 최고의 순간〉이다.

누구나 최고의 순간을 꿈꾼다. 살면서 현재보다 더 잘되기 위해 노력하고 도전하는 건 당연하다.

인생 최고의 순간은 무엇이고 언제일까. 어렸을 적에는 대부분 먹고싶은 것을 먹고 잠을 자려고 누웠을 때라든지 갖고 싶은 물건을 얻었을 경우 등 소소하고 지극히 자기 중심적이다.

성인이 되면서 사회적으로 존재감을 확인받아야하는 사항은 많아지고 커진다. 시험합격이나 취업, 집장만, 사랑의 결실 등 작게 크게 그런대로 성취감도 들고 오지않은 것처럼 아리송해져서 다시 기다리게 만든다. 부자가 돼야하고 사회적 지위를 얻는 것은 당연하고 유명해지는 일, 자신이 원하는 직업을 가졌을 때와 같은 온갖 세속적 성공들이 인간의 욕망 속에서 벌어진다.

노벨문학상 수상작가 펄벅(PEARL BUCK)은 인생 최고의 순간을 70세부터라고 밝혔다. '70살 그 때 비로소 인생에 필요한 것들을 알았고 이제 정말 즐겁게 살 수 있다는 자신감을 갖게 되었다'고 했다.

PEARL BUCK의 말에서 용기를 얻는다. 장수사회가 되니 살아가는 일의 무한함에 두려움도 일고 막연하면서 이제 정리해야 하지않나 지칠 때가 있다.

다시 힘을 얻어 하던 일을 해나가면서 끝을 봐야겠다.

'순간'이라는 낱말 때문이었을까.

발표된 작가들의 글은 소박하면서 디테일함에서 감동을 맛보는 내용이 많았다. 평범한 하루가 이어지는 것에 대한 고마움, 이루고싶었던 분야의 성취감이나 아기를 낳고 키우는 순간들, 코로나 19로 떠나지 못했던 해외여행을 떠났던 감동 등이다.

인터넷에서 관련된 자료들을 뒤진다. 최고의 순간을 클릭하니 책과 영화가 빼곡하다.

필립 체스터필드의 《지금이 네 인생 최고의 순간이다》 김옥림의 《인생 최고의 순간은 지금부터다》 데이빗 김의 《내 인생 최고의 순간은 오지않았다》

송숙희의《내 인생 최고의 순간》책들을 추천한다.

넷플릭스 영화로는 코미디언 애덤 더 바인의 스탠드업〈인생 최고의 순간〉이 젊은이들에게 즐거움을 주고 있다. 임순례 여성 감독의 핸드볼 영화《우리 생애 최고의 순간》은 적은 예산으로 명배우들과 완성도를 높여 감동을 주었다고 후한 점수를 얻었다.

월드컵 축구선수들의 골 세레머니도 쏟아졌는데 2022년 카타르 월드컵 우승국인 아르헨티나의 리오넬 메시가 최고의 순간을 맞은듯싶다. 발롱드르상과 유럽축구연맹 챔피언스리그 우승 트로피, 월드컵 우승 트로피 4관왕까지…

'최악의 순간이 인생 최고의 순간이다'
 가장 눈에 띄는 아포리즘이다. 번쩍 머리를 강타하면서 죽을 힘을 다해 버틴 30대가 스친다.

 최고의 순간은 등반처럼 정상을 향해 그저 최선을 다하면서 오르기만 하면 된다고 여기겠지만 인생은 그렇지않을 때가 더러 있다. 평생동안 순탄한 항해가 있을 수는 없다. 어려움에 빠졌을 때 오히려 젖먹던 힘까지 끌어올려 극복해 낸 그 맛이 최고이다.

 삶이 반드시 산꼭대기를 정복하는 일은 아니건만 우리는 늘 최고여야 한다는 강박관념에 끌려다닌다.

정점은 곧 내려가거나 스러짐을 뜻하기도 한다.
누구가는 최고의 순간만이 인생의 전부는 아니기 때문에 그런 것은 없다고 말한다.
살아온 일을 되돌아보면서 대부분 이런 말을 하지않을까.
'그 때가 내 인생 최고였어'

2022년 12월
권남희 리더스에세이 발행인 (사) 한국문인협회 수필분과 회장

1 … 나도 누군가의 이유였다

화개 장터 십리 벚꽃 길　　鄭 木 日 16
끝모를 문학계의 덕　　　　권남희　21
다시 서서 흐르는 강　　　　최원현　26
숫대　　　　　　　　　　　전수림　31
촌년 출세했네　　　　　　　유영희　35
여학생　　　　　　　　　　최명선　39
나도 누군가의 이유였다　　　김종란　43
내 생애 최고의 행성　　　　 유금남　47

2 … 때로는 유체이탈자 같이

때로는 유체이탈자 같이	임금희 53
속도 없이 웃으면서	김화순 57
지금 이 순간의 행복	장순희 60
재고 1권	전미란 65
물수제비 날다	송복련 68
어둠 속에서 찾은 빛	조귀순 72
북한산 등반길에 생겼던 일	최건차 76
삶의 여지가 있는 지금	조순영 81
깐부 2	원수연 86

3 … 다시 걷는 딸

그 해 겨울과 이듬해 가을	김형수	93
다시 걷는 딸	이현숙	98
최고의 순간을 기다리며	김성숙	103
고쟁이가 내려오던 날	이춘자	106
초심을 잃지 않는 순간	문장옥	109
대부분 좋았고 가끔 나쁜 건 날려버리고	허해순	114
오늘, 지금	권봄	119
봄밤	김단혜	123
최고의 순간은 이렇게 온다	윤정희	128

4 … 파리에서 보낸 일주일

최고의 순간은 계속되고 있다   정찬경   135
일출, 그 반대편   최명심   141
벽 속의 요정이 되는 순간   강향숙   146
뜻밖의 수상   전효택   150
편지와 장미 한 송이   조경숙   154
파리에서 보낸 일주일   전경미   158
보내고 싶은 초대장   최효정   163
식목일의 아이   김순자   167
최고의 순간은 복수다   강민숙   170
나야나   함정은   175

5 ··· 괴물이 발톱을 오므렸다

오늘도 횡재했네   조은해   182
그 때가 생애 최고의 순간   박현명   186
산악열차   김무웅   190
나는 너를 위로해   반화자   194
내 자리를 찾았다   한연희   198
괴물이 발톱을 오므렸다   이동석   202
쪽빛 날개   유승연   207
바람 부는 날   신종원   210
그냥저냥 별   신삼숙   213

6 ··· Not yet, 십 년쯤 뒤

Not yet, 십 년쯤 뒤	허광호	220
대청봉 태극기 앞에 섰던 순간	정화자	224
마지막 눈물	김무곤	229
신나는 시한부	박용주	233
태조어진 잠입취재	김태희	238
존재하는 그 순간	박민재	243
그 순간이 올 때	박경서	248
아들의 의대입학	한만희	252
열정의 시간들	김윤정	257

7 ··· 2012년, 2016년

속도위반, 그 아이의 탄생	고웅남	264
교황청에서 날아온 축복장	권옥희	267
무지개, 뿌리를 찾다	최명미	272
그때 그 집	강의정	276
첫 관문을 넘다	이옥형	280
푸르매가 살고 있는 곳	김은수	285
2012년, 2016년	신혜숙	291
살 구	송춘옥	295
기찻길과 따듯한 커피 한 잔	강유진	299
세상에서 가장 아름다운 풍경화	이남진	303
꽃 자주 랜드로바	최현정	306

1… 나도 누군가의 이유였다

생애 최고의 순간은 성공한 그날이 아니라 좌절과 비탄의 날들속에서
내 삶과 한번 부딪혀 보겠다는 생각이 솟아오른 날이다.
- 귀스타프 플로베르 -

-임이여, 이 길을 걷는다면 그대는 이 세상에서 가장 아름다운 신부가 되리라.-

화개장터 십리 벚꽃 길

鄭 木 日

　임이여. 봄이 오면 한반도 남녘 땅, 지리산과 섬진강이 만나는 경남 하동군 화개면 탑리, 경상도와 전라도가 만나 경계를 이루는 화계 장터로 오라.

　화개(花開), 말 그대로 꽃이 피는 곳, 화개 장터에서 쌍계사로 이르는 십리 길은 이 땅의 길 가운데 가장 화사로운 길이다. 꽃마차를 타고 봄의 궁궐로 가는 눈부신 봄 길이다.

　임이여, 이 길을 걷는다면 그대는 이 세상에서 가장 아름다운 신부가 되리라. 봄이 펼쳐놓은 신비의 음계(音階)를 밟으며 꿈꾸듯 거닐면, 길 양편으로 벚꽃나무들이 가지를 길게 뻗쳐 꽃 터널을 만들어 준다.

임이여, 봄이면 화개로 오라. 이곳에 오면 지리산과 섬진강이 만나 눈짓으로 밀어를 나누는 광경을 볼 수 있다. 화개장터 주막에서 잠시 지리산 도토리묵과 산나물을 안주 삼아 막걸리 한 되를 마시고 숨을 돌이킨 후 벚꽃 만발한 십리길 쌍계사로 가자. 하동군 안에서 지리산 산간 부락을 잇는 교통로가 있는 곳이 화개면 탑리, 여기에 화개장터가 있다. 이 곳은 동쪽과 서쪽으로 길이 갈린다.

서쪽으로 난 길은 전라도 땅 구례로 가는 길이고, 동쪽으로 난 길은 쌍계사를 거쳐 하동 땅의 북쪽 끝에 달린 화개면 법왕리와 대성리로 이어진다. 또 쌍계사 뒤의 산줄기를 타고 가면 청암면 묵계리로 가는 길이다.

닷새장인 화개장은 예전부터 숯, 산나물, 약초, 나무 그릇 같은 산중 물산이 은성하게 나오는 장터로 전국에서도 이름이 났다.

작가 김동리는 화개장터를 이렇게 그리고 있다.

'…장날이면 지리산 화전민들의 더덕, 도라지, 두릅, 고사리들이 화갯골에서 내려오고, 황화물장수들의 실, 바늘. 면경, 가위, 허리끈, 쪽집게, 골백분 또한 고갯길에서 넘어오고 하동길에서는 섬진강 하류의 해물장수들의 김, 미역, 청각, 명태, 자반고기, 자반고등어들이 들어오곤 하여 산협(山峽) 하고는 꽤 은성한 장이 서는 것이기도 하였다. 그러나 화개장터의 이름은 장으로서만 있는 것이 아니다.

장이 서지 않는 날일지라도 인근 고을 사람들에게, 그곳이 그렇게 언제나 그리운 것은 장터 위에서 화갯골로 뻗쳐 앉은 주막마다 유달리 맑고 시원한 막걸리와 펄펄 살아 뛰는 물고기의 회를 먹을 수 있기 때문인지도 몰랐다. 주막 앞에 늘어선 능수버들 가지 사이로 사철 흘러 나오는 그 한 많고 멋들어진 진양조 단가, 육자배기들이 있기 때문인지도 몰랐다.'

이효석의 단편소설 '메밀꽃 필 무렵'은 달빛과 메밀꽃이라는 서정적 배경이 없고서는 토속성과 감동을 제대로 살리기 어려웠을 것이다. 김동리의 단편소설 '역마'는 십리 벚꽃길과 화개장터라는 배경이 없고선 제 맛을 살릴 수 어려웠을 것이다.

임이여 눈물이 나도록 푸른 하늘과 화사한 봄길, 벚꽃 십리길을 걸어서 쌍계사로 가자. 지리산 정기와 명상을 실어 나르는 화개계곡의 물을 보면서……. 비로소 언 땅이 녹으며 이 땅에 봄이 오는 소리, 침묵 속에 잠겼던 지리산의 장엄한 말이 풀리며 꽃으로 피는 소리, 그것은 오랫동안 기다렸던 사랑이 움을 틔우는 소리가 아닐까. 불그스레한 벚꽃나무 가지에 꽃망울들이 다투어 피어 새 천지를 만들어 놓았다.

벚꽃처럼 눈부신 꽃도 없을 성 싶다. 일제히 함께 피어나, 꽃 무더기를 이루고 온 세상을 환상의 흰 구름으로 덮어버린다. 그 어떤 꽃들이 이렇게 세상을 눈 온 날 아침처럼 하얗게 만들어 버릴 수 있을까.

벚꽃나무들은 이미 노령의 티를 보이고 있건만 봄이면 흰 드레스를 입은 신부처럼 다시 태어나곤 하니, 생명의 신비와 외경을 느끼게 한다.

지리산록의 물기 도는 신록엔 새 생명에만 풍기는 향기가 난다. 십리 벚꽃 길을 따라 오르면 산등성이에, 푸른 잎을 나부끼며 찻잎들이 솟아오르고 있다. 화개천 계곡 40리 주변은 자설차 자생지로서 1천여 년 전 신라시대 김대렴이 당나라에서 차나무를 가져와 심은 것이 퍼졌다고 알려져 있다.

임이여, 그대는 작설차 맛을 아는가. 담백하고 무미인 듯하지만, 그 맛 속에 지리산 달빛과 명상이 가라앉아 있어 임이 부는 피리소리도 들을 수 있다.

임이여 화개 벚꽃 길에서 사랑하는 사람과 혼담을 나누면 백년해로를 기약한다 해서 '혼례길목'이라 부르기도 한다. 개울가에 눈을 뜬 버들가지가 봄의 음표(音標)처럼 솟아오르고, 새들도 지리산 음색(音色)으로 노래하는 벚꽃길, 이 세상에서 가장 눈부시고 아름다운 봄길을 걸어오라.

박경리의 대화소설 '토지'에 나오는 용이, 길상이, 봉선이도 걸었던 길, 그리고 여러 고승들과 신라의 시인 최치원을 비롯하여 조선시대 서산대사, 조식, 이이, 정몽주가 시를 읊었던 이 길을 걸어 봄의 궁궐로 가 보자.

임이여, 십리 벚꽃 길을 걸으며 인생길을 생각한다. 눈부신 벚꽃 잔치도 이내 끝나고 말 것이다. 내 삶의 한 길목에 서 있음을 느낀다. 물소리, 바람소리의 한 가운데에 서 있다.

임이여, 절정의 아름다움을 뿜어내는 벚꽃나무의 박수를 받으며 우리 봄 길을 걸어 가보자. 기막히게 눈부신 산수화 속으로 손잡고 걸어가자.

정목일
1975년 〈월간문학〉 1976년 〈현대문학〉 수필당선

끝모를 문학계의 덕
-등단으로 시작된 문학적 인연의 띠 -

권남희

한국여류문인회(현재 사단법인 한국여성문학인회) 전국주부백일장 입상은 내 인생 터닝포인트가 되었던 최고의 순간이었다.

세종대학 4학년 때 응모한 교내 소설문학상에 국문과교수였던 오탁번시인이 뽑아준 덕에 입상을 하여 글을 쓰고 싶다는 생각을 잠깐 했지만 결혼하고 육아와 살림을 맡다보니 시간이 없었다. 책 한 줄 편하게 읽을 수 없는 틈틈이 일기를 끄적이다가 1983년 어느 날 신문광고를 보았다.

여류문인회 백일장 안내였다. 별이라도 딴 기분으로 참가했다가 그해는 떨어졌지만 동숭동 마로니에 공원에서 하는 주부백일장에 해마다 도전하여 3수 끝에 김남조 시인이 회장일 때 '분단'제목으로 상위권에 입상하였다. 여류문인회 백일장 행사는 KBS 방송국에서 취재하고 장원 수상자와 회장단은 영부인에게 초청받아 청와대를 방문하였다. 영부인이 되면 반드시 여류문학회 임원들과 자리를 하여 애로사항을 듣기도 하였다. 긍지를 느끼게 하는 여류문인회는 신진이 볼 때 대단한 단체였다.

대학을 졸업하고 집안에 갇혀있다 백일장에 입상한 일은 신선한 경험이면서 문학인이 되는 길로 가는 초석을 다진 사건이었다. 여성들에게 꿈과 용기를 주었고 사회활동의 발판을 만들어주었던 주부백일장을 잊을 수 없다.

1980년 초반은 한국일보와 동아일보 신문사에서 운영하는 문학 강의 외에는 문화센터가 취약하던 시절이었다.

백일장 입상자들을 모아 동아리 모임을 운영하고 있던 장금생수필가는(2014년 작고) 낙원동 악기상가 낙원아파트에 1982년 여성문예원 아카데미를 열었다. 여성문예원은 가수별로 이어지면서 나중에 서울시청 주무관이었던 김성순시인(1990년대 후반 송파구청장과 국회원원을 지냄)의 도움으로 중구 구민회관에 사무실을 받아 지금까지 (김도경-따님-) 잇고 있다. 여성문예원에서는 각 분야의 예술가들을 초청하여 강의를 했는데 8기로 입회했던 내가 공부할 당시 시인은 -황금찬. 오세영. 성춘복. 조병화, 황명 님 등이 특강을 맡았다. 소설은 당시 한국문인협회 회장이셨던 김동리 소설가였다.

윤재근평론가(한양대 교수) 희곡은 유민영 작사가 장일남 불문학자 민희식 프랑스 유학파 화가 권옥연 등 쟁쟁한 예술인들이 특강을 맡고 야외수업도 가곤 하였다. 사회경력도 단절되고 초라하게 소외되어 우울했던 전업주부는 신세계를 만난 듯 행복하게 공부를 했다. 품위도 있고 작가의 아우라도 풍기는 문화 예술계 선생님들을 만나는 일이 대학 캠퍼스에 다시 들어간 것처럼 생기를 주었다.

김동리 소설가에게는 특강반에 다시 등록하여 소설공부를 1년 정도 했다. 문학강의는 들을수록 몰입되는 내용이 많았다.

당시 나는 모든 강의를 녹음하고(2015년에 장충동 현대문학관에 복사본 기증) 수업노트에 빠짐없이 기록하기도 했다. (2020년 10월 한 달 간 문학의 집. 서울에 강의 노트전시) 그 때 쓴 〈아버지의 선인장〉으로 1986년 한국문협기관지 〈월간문학〉에 가작을 하고 다시 여성 문예원 공부를 하고 있었다. 그 때 관심을 가지고 보아주던 백일장 동인 선배인 지연희 수필가(현재 문파문학 발행인. 사단법인 한국수필가협회 이사장 역임)의 따뜻한 격려가 시작되었다. 가작은 등단이 아니니까 빨리 매듭을 짓고 정식으로 등단을 해야 떳떳하다는 것이었다. 준비작품 3편을 오학영 국장님께(1938-1988년) 제출했다. 1987년 「월간 문학」 4월호에 〈버리며 사는 나날〉이 뽑히면서 수필등단을 하게 되었다. 월간문학으로 등단하면서 동인모임으로 대표에세이에 입회를 하고 전국적으로 퍼져있던 선배들을 만나게 된다.

한국문협 사무국장이셨던 오학영희곡작가는 (수필가로 입회했으니 한국수필가협회 회장이면서 수필문학지「한국수필」발행인 조경희 원로 수필가에게 인사를 드리라고 자리를 만들어주셨다. 저녁식사 자리에서 조경희 회장님은 축하의 말씀도 해주셨는데 그 자리가 절대 그런 배경을 둘려고 계획된 것은 아니지만 훗날 나는 월간「한국수필」편집주간을 맡아 13년을 하게 된다. 끝없이 이어지는 문학의 인연을 생각하게 된다.

1998-1999년도는 김후란시인이(현. 문학의집. 서울 이사장) 회장을 맡았는데 전옥주희곡작가 추천으로 간사로 발탁되어 일을 배우며 돕기도 했다. 주부백일장 행사를 돕고 유명작가들과 함께하는 송년 행사를 준비하며 큰 감동에 휩싸이기도 했다. 매스컴에서나 뵙는 이름난 선배들을 한자리에서 만나니 행복하고 자부심 느끼는 곳이었다.

1989년 1월은 국제교류행사로 50여명의 작가들이 초청을 받아 뉴욕 워싱턴을 방문했다. 소설가로 -홍성유.안장환. 정종명-시인은 진을주, 신세훈 .감태준 (당시 현대문학 주간)-유한근평론가. 수필가-정목일 .김학. 권남희. 한동희.- 등 국내 쟁쟁한 작가들이 참석하여 일주일을 함께 했다. 이런 문단행사들은 신진작가들에게 큰 힘이 된다는 것을 후에 깨닫게 된다. 누가 어디서 어떻게 성장하고 어떤 직책을 맡게 될지 전혀 알 수 없는 채 서로는 만나고 헤어지고 모임을 만들고 책을 묶는다.

그 때 맺은 문학의 인연은 아직도 이어지고 있으니 끝 모를 문학계의 덕을 헤아리며 후배들을 위해 무엇을 할 것인가 생각한다.

시인 라이너 마리아 릴케(1875- 1926)는 그의 시론에서 '일찍 시를 쓰면 별로 이루지 못한다. 시인은 벌이 꿀을 모으듯 한평생 의미를 모으다가 끝에 가서 열행쯤 되는 좋은 시를 쓸수 있을지 모른다.'고 했다.

그렇다. 한 마리의 벌이 벌판을 날아다니면서 꿀을 따 모으듯 작가들도 눈에 보이지 않는 무엇을 위해 끊임없이 숙고하는 자세를 잃지 않기를 소망한다.

권남희 수필가 Stepany1218@hanmail.net
1987년 〈월간문학〉 수필당선 . 계간 리더스Essay 발행인

다시 서서 흐르는 강

최원현

그간 잘 있었는가? 나는 손을 흔들어 반가움을 표했다. 이미 두 번을 다녀갔지만 겨울에만 와서 꽁꽁 얼어붙은 모습만 보았었는데 소리도 우렁차게 시원스레 흘러내리는 장관 앞에서 내 반가움도 두 배로 컸다.

허나 그는 얼어있을 때와 별로 다르지 않게 무덤덤하게 나를 맞았다. 하기야 하루에도 수많은 사람을 맞이하는 그에게 어찌 내가 특별할 수 있겠는가마는 그래도 나는 그렇지 않았다.

그를 보기 위해 5시간여를 비행기를 타고 날아오지 않았는가. 그는 그런 내게 결코 아쉬움이나 실망을 주지 않았다. 황홀할 만큼 아름다운 모습으로, 두려울 만큼 웅장한 모습으로, 감동을 넘은 감격으로 나를 맞아주었다.

어제까지도 그리 날씨가 좋지 않았다는데 오늘은 하늘도 맑고 바람도 차지 않다. 10월 하순의 햇볕 아래서 하얀 포말로 피어오르는 물안개가 하늘을 향해 치솟는 모습은 가슴까지 뻥 뚫리도록 시원 상쾌하게 해 주었다.

2001년 이곳을 다녀간 후 냈던 수필집의 제목을 '서서 흐르는 강'으로 했었는데 그 서서 흐르는 강이 바로 이 나이아가라 폭포였다. 그땐 미국 쪽 호텔에서 잠을 자고 이른 새벽 강가로 나갔는데 고요히 흐르던 물이 갑자기 급해지며 아래로 떨어져 내리는 것을 강물이 앉아 미끄럼을 타다 일어서서 달리는 모습으로 폭포를 보았던 것이다.

크루즈 '안개의 숙녀호'를 타고 그의 품으로 들어갔다. 그의 심장 뛰는 소리가 귀를 먹먹하게 했다. 눈을 가리는 물방울의 세례에 피어오른 운무가 어린 날 할머니가 열던 가마솥 물솥에서 피어오르던 김 같았다. 그 물솥 김의 수백 배 수천 배 수만 배랄까. 끼룩끼룩 갈매기들이 작은 점으로 운무 속에 떠올랐다. 입속으로 들어간 강물이 짭쪼름했다. 아니면 나도 몰래 흘려버린 감격의 눈물 맛이었는지도 모르겠다. 물소리에 묻혀 버렸지만 나는 감격에 겨워 찬송을 불렀다. '주 하나님 지으신 모든 세계…' '참 아름다워라…' 감동으로 눈물범벅이 되고 목소리까지 잠긴 채 나는 홍건이 젖은 우비 속에서 소리 내어 찬송을 불렀다. 결코 저절로 생겨날 수 없는 대자연의 위대한 작품

앞에서 나는 한없이 작아지고작아지고 가벼워졌다. 세상사 모든 일이 다 잊어지는 순간이었다. 욕심도 미움도 남아나지 않을 순수의 나라 그곳에서 내 떼에 찌든 육신도 마음도 정신도 정갈해지고 맑아지고 싶었다.

캐나다 폭포인 호슈스(말발굽) 폭포에 가까워지자 물보라가 더욱 심해졌다. 안경이 막아준다고 해도 이마로 부딪혀온 물방울들이 흘러내려 눈을 제대로 뜰 수가 없다. 카메라의 렌즈를 쉴 새 없이 닦아내며 셔터를 누르는 나의 손도 젖을 대로 젖어 있었다. 폭포가 일으키는 물보라의 바람이 어찌나 드세든지 입은 우비가 요동을 쳤다. 그렇게 우린 나이아가라의 가슴속을 헤엄치다 나왔다.

배에서 내려 눈높이에서 떨어지는 폭포를 다시 바라보았다. 보는 맛이 또 달랐다. 본다는 것만으로도 이런 감동이 온다니 참으로 우리의 감정이야말로 신의 위대한 작품이 아닐 수 없을 것 같았다. 멀리로 바라보이는 폭포는 조용하고 멋스럽다. 누군가는 그 안으로 뛰어들어 위험도 즐겼다는데 용기만 있다면 나도 그 속으로 한 번 뛰어 들어가 보고 싶다는 욕망이 일어나는 것도 무리가 아닐 것 같다.

이윽고 160미터의 전망대로 올라갔다. 인디언 말로 '천둥소리를 내는 큰 물'이란 뜻의 나이아가라 폭포 전망대 스카이론 타워, 360도 회전식 레스토랑, 먼저 전에 묵었던 고트섬 왼쪽으로 보이는 미국 쪽 나이아가라시의 호텔을 확인했다. 벌써 18년 전이다.

 식사를 하면서 내려다보는 나이아가라의 모습, 참으로 평온한 광경이다. 가까이서 보았던 웅장함도 그토록 요란하던 물소리도 사라진 먼 모습으로 보는 나이아가라가 비로소 내게 손을 흔들어 주었다. '잘 왔어요. 또 만나네요?' 나도 손을 흔들어 주었다. 왼쪽 편 무지개다리로부터 두 개의 폭포를 손안에 쥘 듯 한눈에 바라보는 이런 행운을 맞이하다니 참으로 오늘의 일정이 감사했다. 언제 이런 좋은 날씨를 다시 만날 수 있을지 사랑하는 가족들 모두와 함께하지 못하는 것이 아쉽다 못해 원통했다. 그러고 보니 어느새 나도 나이를 먹을 만큼 먹었나 보다. 좋은 곳, 좋은 것을 만나면 자식들 생각나고 마누라 생각나고 이렇게 철이 드는 것인지 마음이 약해지는 것인지 모르겠지만 사실 로키로부터 이곳까지 오는 동안 내내 나 혼자만 이런 호사를 하는 것이 못내 미안하고 안타까웠다. 나중에 기회를 보아 함께 올 수는 있지만 그때도 이런 좋은 날씨가 될지는 장담할 수 없지 않은가.

 이번 나이아가라와의 만남은 내게 또 하나의 충격 같은 감동으로 남을 것 같다. '나이야 가라!'고 외치면 몇 년이 더 젊어진다지만 이런 장관 앞에서 우리가 바라보는 아름다운 경치처럼 우리 삶의 모습도 그렇게 아름다운 모습으로 신의 눈에 내려다 보였으면 좋을 텐데 그렇지 못할 것이 부끄럽고 안타깝다.

　아쉬운 마음 가득 버스 안에서 그의 모습이 보이지 않을 때까지 손을 흔들었다. 이제 강을 거슬러 올라가며 그가 이전에 흘렀던 자취들을 보게 될 것이다. 조금씩 깎여나가 언젠가는 없어질 수 있다는 가이드의 설명에 세상에 영원한 것은 결코 없겠구나 생각을 하면서 미처 외치지 못한 '나이야 가라'를 뒤늦게나마 입속으로 외쳐봤다. 그건 내 나이가 젊어지라는 외침이기보다 내가 큰 감동으로 만났던 나이아가라에 대한 내 숨김없는 감탄과 감격과 감사의 외침이었다. 나이아가라, 다시 만날 때까지 안녕. 하늘도 그런 내 마음을 알았는지 나이아가라 폭포 같은 구름을 만들어 우리 위에 둥실 띄워주고 있었다. 잘 있게, 다시 옴세. 나의 서서 흐르는 강이여.

　어느새 6년이나 지나버린 2016년 10월 26일 한국수필 캐나다 해외심포지엄의 날에 만났던 나이야가라는 이렇게 내 삶 속에 찬란한 순간으로 잊지 못할 그리움으로 최고의 순간으로 남아있다.

　　최원현 nulsaem@hanmail.net
　　《한국수필》수필 ,《조선문학》문학평론 등단.
　　사)한국수필가협회 이사장.

솟대

전수림

가슴이 쿵쾅거렸다. 광화문 교보문고 앞에서 숨을 가다듬고 안으로 들어섰다. 문학 코너를 찾아 조심스럽게 발걸음을 옮겼다. 책들이 빽빽한 책장을 빠르게 훑었다. 어디에 있을까. 숨이 막힐 듯한 긴장감이 가슴을 짓눌렀다.

그때 매대에 20권쯤 쌓여 있는 낯익은 책이 눈에 들어왔다. 《비 오는 날 세차하는 여자》. 세상에 쏟아져 나온 수많은 책 속에 들어앉아 나를 간절히 기다린 모습으로 바라보았다. 제목이 어찌나 크게 보이는지 화들짝 놀랐다. 죄를 지은 사람처럼 사방을 두리번거렸다. 누가 보면 도둑질하다가 들킨 사람 같았을지도 몰랐다.

나는 그 자리에 얼어붙은 듯, 한 발짝도 움직이지 못했다. 반가움과 두려움이 교차 되는 시간이었다. 그것은 마치 장원급제하고 돌아온 나를 향해 하늘 높이 솟은 장대 같았다. 책을 만드느라 분주하게 지낼 때만 해도 이런 순간이 오게 될 줄은 몰랐다. 삶이란 때로 놀라움으로 점철된다는 사실에 놀랐다. 온몸이 뜨거워지고 약간의 현기증이 일었던 것도 같다. 여태껏 경험해 보지 못한, 오롯이 나만이 느낄 수 있는 특별한 순간이니 그럴 만도 했다. 까치발을 들어 아등바등 하늘의 별을 딴 느낌이랄까. 신비로웠다.

잠시 기둥 뒤에 서서 숨을 고르고서야 전시된 책 앞으로 갔다. 아련해진 아우성 같은 숱한 날들이 보이기 시작했고, 무수했던 애잔한 시간이 눈앞으로 스치고 지나갔다. 그리고 또 다른 내가 울고 웃었던 일들이 세상 앞에 나앉은 모습으로. 여러 갈래로 흩어졌다 모이기를 반복한, 그것은 문학의 길로 발길을 들여놓음을 환영하는 기꺼움이었다.

서점 안은 조용하면서도 작은 소리들이 공중으로 떠다녔다. 책들을 비추는 불빛도 무지개처럼 오묘했다. 살면서 단 한 번도 상상해보지도 않은 이 낯선 분위기에 가슴은 벅참으로 짓눌렸다. 누가 내 책을 봐줄까. 상상만으로도 손발이 오글거렸다. 그러면서도 누군가에게 눈도장만 찍어도 좋고, 힐끔거려주기만 해도 좋을 것 같았다. 사람들이 매대에 쌓인 책들을 들여다보다가 좌르르 책장을 넘기기도 하고, 들었다 놨다 반복하기도 하였다.

그 모습을 한참을 바라보았다. 설렘과 흥분은 멀미처럼 계속 일렁였다. 책이 한 권도 팔리지 않는다고 해도, 아무도 거들떠보지 않는다 해도 그것은 그리 중요하지 않았다. 다만 저 수 많은 책 속에 내가 있다는 게 좋았다. 내 안의 자존감이 하늘로 날고 있음이 행복했다. 그러면서도 누군가는 내 얘기에 공감해주는 사람이 있을 거란 희망도 놓지 않았다.

밖으로 나와 하늘을 보았다. 세상은 달라져 있었다. 글쓰기를 하지 않았다면 이런 신비한 떨림을 경험할 수 있었을까. 그때 알았다. 글을 쓴다는 것이 얼마나 행복해지는 일인지를. 의미 있게 사는 일이 어떤 것인가를. 그리하여 나는 평생 글 쓰는 언저리에 머물 거라는 것을 그때 알았다.

혼자여도 좋고, 함께여도 좋았다. 무엇보다 내 곁에 착 달라붙은 외로움과도 속닥거릴 수 있는 여유가 좋았다. 나만의 삶을 즐길 줄도 알게 된다는 것을. 그것은 아무도 대신해 줄 수 없는 고요한 환희로 가슴 벅찰 거라는 것을. 그 성취감은 또 다른 용기를 갖게 하고, 행복이란 그런 것이라는 것을 그때 알았다.

첫 집을 낸 지 20여 년이 지났다. 그때 서점에서 만났던 또 다른 나와의 특별한 만남의 시간을 선명하게 기억한다. 무던히 애쓰지 않았다면 일어나지 않았던 일이지 않던가. 그 시작이 지금까지 굳건하게 서 있는 솟대가 되어 여전히 나를 바라보고 있다.

전수림 soolim724@hanmail.net
2001년 월간〈예술세계〉수필당선

촌년 출세했네

유영희

두 번째 수필집을 출간하고 고향 군청에 책을 보냈다. 1집을 내고 십년만이다. 민원실 로비에 꽤 오랫동안 꽂혀있던 1집 때문인지 사람들은 용케도 나를 기억했다. 책을 읽고 가끔 문자나 메일로 응원의 글을 보내오곤 한다. 수필쓰기를 시작 한지 근 이십년이 되어 겨우 책 두 권이냐고 말하는 사람도 있을 테고 말도 안 되는 문장이나 대수롭지 않은 일들을 글로 써서 보잘 것 없다 할 수도 있다. 그럼에도 또 쓴다. 쓰는 얘기도 뻔하다. 써놓고 낯간지러울 때도 있지만 지금이 아니어도 어차피 언젠가는 써야 할 글들이기 때문이다.

저는 군청에서 근무하는 아무개입니다. 작가님의 2집을 읽고 꼭 뵙고 싶습니다.

　군청에서 강의 신청을 해왔다. 2집 《어느 오후의 매직아워》 덕분이다. 아니 정확하게 말하면 그 책을 읽은 군청 직원 덕분이다. 독후감을 보내온 군청직원은 어쩐지 섬세하고 여릴 것 같았다. 혼자 읊조리듯 산문처럼 쓴 후기는 너무도 정성스러웠고 고향 군청에서 강의를 부탁 한다는 것에 좀 더 심사숙고하지 못한 글쓰기에 부끄러움이 앞섰다. 작가는 독자로부터 같은 공감을 얻을 때가 행복하다. 더군다나 유명 작가도 아닌 내 글에서 행복을 느끼는 독자가 있다는 것 자체만으로도 가슴 벅차다. 단지, 기억하고 때론 잊지 않으려고 틈 날 때마다 써두었던 것들이 누군가에게 따뜻하게 안길 수 있어 참 다행이다. 간절하고 격식 있는 메일에 망설임도 없이 허락을 했다. 무슨 말을 할지 누구를 만날지는 고민하지 않기로 했다. 그저 고향사람들과 설레발을 칠 생각에 신이 났다

　강의 내용은 무엇으로 할까요.
　그냥 편하게 작가님의 얘기를 하시면 될 것 같아요.

　앞뒤 생각 없이 덜컥 승낙을 하고 난후 작가님이라고 추켜세우는 말에 정신 줄을 놓았던 게 분명하다. 그래, 부딪혀 보는 거야. 내 사는 얘기, 책속에 있는 얘기 하면 되지 강의가 뭐 별

거더냐. 고향에서 강의라니 언감생심 꿈도 꾸지 못한 일이다. 그러고 보니 남들이 말하는 출세라는 말은 이럴 때 쓰는 말인가 보다.

무수히 오르락내리락 거리던 고향 가는 길에 마이산 두 봉우리가 먼저 반긴다. 고향을 말하면 산골짜기에서 출세했다고 놀리던 그곳을 이제는 모르는 사람이 없다. 뾰쪽 구두 신고 도시가서 살라던 어머니의 그 길도 마주한다. 이른 여름, 들판은 바쁘다. 흰색과 보라색 감자 꽃도 서로 엉켜 여름날 채비를 한다. 밤이 긴 여름은 저녁을 좀 허술하게 먹어도 먹을 게 많아서 좋다. 장마가 오기 전에 캐어질 감자며 줄지어 심은 옥수수랑 냇가에서 잡은 다슬기를 짭조름하게 간장에 졸여 알맹이만 빼먹던 풍경이 마이산과 마주한다. 당당하게 글속의 주인공이 되어준 소싯적 그 시절은 덤이다. 한때, 내 성장의 배경이 되어준 고향을 숨기고 싶은 적도 있지만 그 고향을 팔아 쓴 글들에서 웃고 아프고 눈물 쏟는 날도 많았다.

무슨 말을 할까했던 강의는 그저 살아온 얘기 몇 마디 한 것 같은데 두 시간의 예정된 시간을 훌쩍 넘겼다. 누구하나 자리를 뜨는 사람도 없이 더러는 눈물을 닦고 더러는 손뼉을 치며 서로가 대견하게 견뎌온 지난 삶에 박수를 보내고 있었다. 이만하면 내 생의 최고가 아니던가. 각자의 자리에서 청춘을 함부로 탕진하지 않고 오류와 방황들을 몸소 겪으면서도 온전히 내 몫으로 사는 그들도 나도 너무 멋져 보였다.

그렇게 두 번의 강의를 잘 마치고 세 번째 작가와의 만남을 서울에서 가졌다. 고향을 지키는 젊은 후배들에 대한 감사표시로 서울로 초대했다. 서울에서 제일 높다는 123층 스카이 타워에 올랐다. 깡촌에서 자란 촌년이 세계에서 몇 번째로 높다는 빌딩에 올라 아래를 바라보는 감회는 남다르다. 점처럼 보이는 빛들이 환하다. 내가 태어난 전북 진안산골에서 볼 수 없는 빛들이다. 그 시절을 내게 좋은 글감으로 기억하게 하는 무수한 빛들은 화려하지만은 않지만 이제 와 보니 숱한 날이 반짝거리고 있다. 서울을 발아래 두고 있는 지금, 가슴이 뛴다.

유영희 paris2522@hanmail.net
2006년 월간〈한국수필〉등단

여학생

최명선

 길은 일직선으로 끝이 보이지 않았다. 흙먼지를 일으키며 달리는 자동차를 피해 먼지가 가라앉기를 기다렸다. 가야할 길은 하나. 걸어야했다. 그 길은 계절을 온몸으로 받아들이는 길이다. 군용차가 지나갈 땐 군인들 함성소리와 휘파람 소리가 뒤엉킨다. 걷고 또 걷고 목적지 학교는 멀기만 하다. 걷다보면 으레 흙먼지는 머리위에 어깨위에 덤으로 얹혀 있다. 비가 오면 흙탕물이 정강이 위까지 튀어 올라 양말을 벗고 맨발로 걸었다. 초록색에서 황금색까지 변모하는 사계절 색채 향연은 신작로 길을 걸어가는 자 만이 바라보며 누릴 수 있는 기쁨이다.
 산자락 끝에는 공동묘지가 있다. 겨울 찬바람은 묘지 앞길에서 머물다 가는지 그 길 앞은 유난히 더 춥다. 바람은 귀를 도려내 듯 아려오고 뺨은 할퀴는 바람에 속수무책이다. 계절 변화보다 낮과 밤 변화가 더 이채로운 묘지 길이다. 무덤덤한 일상으로 보이는 무덤과 들판은 밤이 되면 어둠은 두려움으로 변한다. 푸른 달빛이 낮게 비추는 날은 솔개그늘에도 놀란다. 나무그림자만 봐도 뒷목이 서늘하다. 곤두선 머리카락 더딘 발걸음은 누군가 뒤에서 목을 잡아당기는 것만 같다. 헛기침을 하며 듬성듬성 불빛보이는 마을 향해 달음질을 했다. 저 멀리 굴뚝 연기가 나를 달래준다.

   여학교 가는 길은 언제나 멀었다. 걸어서 한 시간이 훨씬 넘는 거리다. 그 길에는 곧게 뻗은 신작로와 넓은 들판, 마을입구 공동묘지까지 함께했다. 혼자 걷는 길은 항상 외롭다. 혼자 생각에 잠기고 혼자생각을 불러냈다. 하늘, 구름, 사계의 들판, 산자와 죽은 자와의 이어짐, 이 모든 것이 상상으로 이어졌다. 농사일을 도와야 하는 일손 바쁜 농사꾼 집의 다섯째 딸. 학교를 오가며 보는 것이 유일한 나만의 자유로운 시간들이다. 동구 밖 미루나무 밑에서 들여다본 까치집, 넓은 들판을 떼 지어 날아다니는 고추잠자리까지 바라보는 모든 것은 미지의 세계에 대한 동경뿐이었다. 길을 걷다 문득 바라본 공동묘지에서 소재를 얻었다.

"먹코 할아버지" 별명을 가진 남학생을 주인공으로, 소희란 이름의 여주인공을 설정하였다. 우연한 만남을 계기로 그들은 사귀게 되었다. 두 사람의 관계가 친밀해졌을 때 남자주인공은 여주인공을 데리고 공동묘지를 찾는다. 산길에 가득 찬 묘지는 구불구불 작은 샛길을 만들며 줄을 서있다. 남자는 한참을 앞장서 걸어올라 작은 산소 앞에 멈췄다. 씩씩하고 쾌활하던 그의 목소리가 낮게 풀이 죽었다. 숨고르기를 하던 그가 울먹이며 말을 잇는다. 여동생이 있었다. 지금은 볼 수 없는 동생이다. 그의 소원을 풀어주기 위해 실례를 무릅썼다. 동생은 가고 없지만 언니가 되어달라는 내용의 줄거리를 나름대로 기승전결을 넣어 글을 엮었다.

여학생 잡지독자투고란에 투고한 원고가 당선되었다. 도착한 월간지 "여학생". 심사위원 박순녀 선생님 평 "글을 엮어나가는 솜씨가 돋보이므로 발전가능성이 많다 건필하길 바란다." 상업학교공부에 흥미 없던 차에 흥밋거리를 찾았다. 좁은 시골학교에서 큰 사건이 된 글 잘 쓰는 아이로 불렸다. 남학생들에게 인기 좋은 친구들이 몰려들었다. 한 친구가 부탁한 답장편지로 시작된 연애편지대필은 졸업할 때까지 공부보다 더 열심히 한일이 되었다.

"여학생"의 추억은 오늘의 나를 있게 한 원동력이다. 책은 내 삶의 창문이 되어 또 다른 책들을 연결해주었다. 신춘문예를 실어주던 월간문학도 나에게 글 쓰는 꿈을 잃지 않게 해 준 디딤돌이었다. 언젠가는 작가로서의 꿈을 꾸리라. 손 내밀면 접할 수 있는 거리에 늘 책을 달고 산다. 아이들과 함께 찾아간 친정집. 어머니께서 나의 아이들에게 하는 전한 말. 너의 엄마는 공부는 안했어도 글은 참 잘 썼다. 민망함에 큰소리로 댓거리를 해 댄다. 못한 게 아니고 안 한 것이라니깐요.

최명선 muyngsan@daum.net
2012년 월간〈한국수필〉등단

나도 누군가의 이유였다

김종란

그해, 사월 스무아흐렛날엔 모두가 미쳐버렸다.

1. 마흔다섯 살 산모

아랫배가 터질 듯 조여오자 입술을 앙다물며 '정랑(변소)'으로 내달린다. 속설을 진실로 만들어야 한다. 길고 튼실한 생명줄의 아들을 낳으려 정랑을 출산터로 잡는다. 핏덩어리를 쏟자마자 나는 핏덩이의 다리사이부터 헤집는다. 없다, 달려 있어야할 것이 없다. 나는 절망과 분노로 탯덩이를 이불로 덮어버린다.

2. 마흔여덟 살 남편

분명 출산 낌새가 있는데 어째 잠잠하다. 후다닥 변소문을 밀쳤더니 산모가 갓난아이를 똥통에 밀어 넣으려 한다. 비칠대는 산모를 밀치고 잽싸게 핏덩이를 빼앗는다.

"너들 엄마가 이상해졌니라! 큰아는 안방에 너 엄마 가두고 단디 살피거래이!"

"작은아는 사랑방에 애기 따로 두고 똑띠 보거래이!"

새파랗게 얼어가던 벌거숭이가 뜨거운 내 입김과 후드득 떨어지는 내 눈물을 받았는지 그제야 버둥거린다.

3. 스무 살 큰딸

출산집이 아니라 초상집인 듯 침울하다. 동네 사람들은 아버지를 보며 쯧쯧, 혀를 차고 한숨을 쉰다.

"산모는 여즉 정신을 몬 차리나?…."

"얼라는 뭘 쫌 멕이나? 우짜겠노? 명대로 크겠제….'

미역국을 끓이는데 하도 눈물이 나서 아궁이 밖으로 불이 솟구치는 것을 자꾸 놓친다. 불길에 다리가 뜨거워져 그을린 치맛자락을 걷어 올리면서 또 운다. 키우던 아들 셋을 다 잃은 엄마, 딸만 넷 남았는데 다섯 번째도 딸을 낳은 엄마, 출산 후에 미쳐버린 우리 엄마는, 저 핏덩이 동생은 어떡하나….

따뜻한 물에다 연유를 풀어 사발에 담는다. 한쪽 고무호스는 사발에 담고 한쪽 끝은 애기 혓바닥에 올려놓는다. 어떻게든 빨게 해주려고 애기의 입술을 오므려준다. 울음소리도 없는 애기가 연유물 넘기는 소리를 낸다.

4. 다시, 다섯째 딸
"내가 너를, 내가 너를…."

나만 보면 되풀이하던 어머니의 말입니다. 아들 셋을 다 잃고 다섯 딸만 키우던 어머니는 막내딸인 내게 아들풀이를 합니다. 빡빡 머리카락을 밀고 민머리에 사내옷을 입혀 나를 어머니의 아들년, 딸놈으로 만듭니다. 사람들은 절레절레 고개를 흔듭니다

"그러게 꼬치를 와 띠고 나왔노!?"
"하나 달고 나왔시믄 이래 안해도 될낀데!?"

귀가 열리면서 귀가 막힐 만큼 듣던 말입니다. 내 맘대로 한다면 나는 정말 그걸 두 개라도 달고 싶었습니다. 여덟 살 초등 입학 때야 커밍아웃을 하며, 그제야 나는 다섯째 막내딸이 됩니다.

어쨌든 그날, 그곳, 사월 스무아흐렛날 정랑터 출생답게 나는 길고 튼실한 생명줄을 이어 갑니다. 어머니의 바람대로 세상의 속설을 진실로 만들고 있습니다.

달지 못했다고 달구치던 사람들, 떼고 나왔다고 때각대던 그런 세상을 다 벗어났습니다. 이제 나는 그것쯤 달지 않아도 달달하게 사는 딸, 그까이꺼 떼고 나와 더 때깔나는 여자입니다.

김종란 rancho355@naver.com
2011년 〈한국수필〉 등단

내 생애 최고의 행성

유금남

바람에 나풀나풀 날리는 면사포, 도봉산 자운봉 끝자락에 푸른빛이 감돌고 카메라 앵글에 신부는 황금색 성운으로 투영되고 있다.

별은 스스로 태워 우주를 데우고 밝힌다. 그리고 일생동안 물질과 생명체의 재료가 되는 원소들을 차곡차곡 쌓는다. 그 거대한 별이 일생을 다하면 초신성폭발을 일으켜 자신이 가진 물질을 일순간에 우주에 방출한다. 그리고 초신성 잔해는 다시 뭉쳐서 또 다른 행성, 별이 된다.

30년 동안 걸어온 길을 6개월 자기개발 휴가로 나침반이 바뀌었다. 서비스 업종에 대한 사고를 펜으로 자아정체성을 확장해야 했다. 한 권의 수필집에 마른침을 삼킨다.

첫 직장 은행원의 첫 출근에 대한 설렘과 뿌듯함은 가족들에게도 자랑거리였다.

그러나 그 기억이 이제는 엄마의 부재로 무의미하다.

한국문인 수필등단을 무기로 자기개발 휴가신청이 승인되었다. 승진을 앞두고 휴가를 내니 직원들은 의아해하고, VIP고객 관리를 담당하는 팀장이 보고도 없이 떠난다고 지점장은 말문이 막혔나보다.

나의 목적은 세가지였다. 병원에 계신 엄마를 자주 뵙는 것이고, 디스크협착증을 치료하며 재발을 막기 위한 쉼이요,

세번째는 수필집을 내기 위함이었다.

그렇게 촌음의 시간을 아끼며 보내었다. 12월, 함박눈이 내리는 날 엄마를 보내드렸다.

봄이 왔다.

한의사이신 그분에게 치료를 받는다. 디스크협착증의 고통은 10cm의 태극침도 두렵지 않았다.

'문학은 모든 질병을 치료한다' 이철호이사장님의 책을 읽고 더욱 수필쓰기를 갈구했다.

어느 곳이든 VIP고객을 대접한다. 그분은 특별한 업무처리를 요구하신다. 가끔씩 인근 사무실에서 업무처리를 요청하시니 왕복 두 번의 발걸음이 필요하다. 차츰 소설가라는 사실을 알게 되었고 작가 사인을 받는 호의를 받게 되었다. 더욱 긴장감이 더해졌다. 정기적인 직원이동으로 발령이 난 시점에 투자상품이 손실나고 있었다. 세계증시가 곤두박질치고 있었지만 당장 해지를 하라는 요청과 엄포는 감당할 수가 없었다.

한 달, 두 달 시간이 흐르면서 가슴이 묵직했다. 설득하지 못한 죄책감이다. 3년 동안의 시간이 물거품이 되고 말았다. 역공이 된 것이다.

부임받은 날, 특별한 전담고객을 주말에 만나뵈어야 한다는 전임팀장의 제안을 거절하였다. 그로 말미암아 첫 대면에 나는 마치 자식한테 꾸중을 하듯 하시는 어벙벙한 상황을 맞이해야 했다. 크게 노하셔서. 상당한 충격이 아닐 수 없었다.

이런 인연이 되어 한국문인아카데미 문우들과 제주문학기행을 다녀왔다. 지구상에 유일하게 남방계식물과 북방계식물이 완벽하게 공존하는 곳이 제주의 곶자왈이다. 용암숲이다. 오름에서 분출한 마그마, 현무암이 얼기설기 쌓이면서 만들어진 틈새를 숨골이라 하는데 이것이 바로 인간의 사랑이라고 생각한다.

숨골 안에서 지면 위의 찬공기와 땅속지열이 만든 따뜻한 공기가 섞여 16~18도를 일정한 온도가 유지되며, 숨골이 날이 더우면 찬공기로, 추울 땐 따뜻한 공기로. 내뿜어. 숲을 쾌적하게 만든다.

위기를 기회의 노크소리로 바라본 그 봄날이 면사포성운의 별로 투영된다.

유금남 hkmoonin@hanmail.net
〈한국문인〉편집인 겸 편집주간, 소월·경암문학예술기념관 관장

2 ··· 때로는 유체이탈자같이

누구나 살아가다보면 최고의 순간을 맞이한다. 그 순간은 바로 누군가에게 격려를 받을 때이다. 아무리 위대하고 유명하고 성공했다할지라도 누구나 찬사에 굶주려 있다. 격려는 영혼에 주는 산소와 같다.
격려받지못하는 사람에게 훌륭한 일을 해내리라고 기대할 수 없다.
어느 누구도 칭찬없이 살아갈 수 없다. - 조지 매튜 애덤스.소설가 -

-별들이 내 몸 위로 쏟아지던 날은 우주가 내게 다가왔던 날이다.
심장이 터질 것만 같아서 눈을 감아버렸다.-

때로는 유체이탈자 같이

임금희

가끔 하늘을 난다고 생각할 때가 있다.

그럴 때가 내 인생 최고의 순간이다. 성당에서 사랑하는 사람과 결혼하던 날, 별들이 내 몸 위로 쏟아지던 날, 등단하여 작가의 길로 들어서고 문학상을 받은 날 등이 나를 하늘로 오르게 한다. 하도 빨리 지나가서 붕~ 떠있다가 눈 깜박이니 사라진 것 같기도 하다.

최고의 순간은 지난 다음에 알게 되기도 한다. 그 순간은 찰나로 느껴지니 음미하며 만끽할 여지가 없이 지나간다.

별들이 내 몸 위로 쏟아지던 날은 우주가 내게 다가왔던 날이다. 심장이 터질 것만 같아서 눈을 감아버렸다. 다시 뜨면 별은 또 쏟아져내렸다. 먼지같이 작은 몸이 감당하기에는 벅찼다. 그 젊은 날의 여름밤은 별자리와 우주에 관심을 갖게 되어 하늘을 바라보며 사는 계기가 되었다. 머리가 땅에서 하늘로 올라간 날이기도 하다. 나의 시선이 달라진 날이다. '별빛이 내린다'는 노래를 작곡한 가수도 나처럼 그런 경험을 하였을까.

생텍쥐페리는 하늘을 날다가 사라졌다. 그는 나는 것을 좋아했다. 창공에 있기를 꿈꾸었으며 늘 비행기와 함께하기를 원했고 추락할 위험을 무릅썼다. 또 추락하여 부상당하기도 했다. 하늘에서 공중분해 되듯이 사라지기를 원했다고도 한다. 하늘을 난다면 언젠가는 내려와야 함을 안다. 날개가 없는 사람이 난다는 것은 순간이기 때문이다.

비행기가 없어도 날개가 없어도 창공 높이 솟아오르기를 꿈꾼다. 감정이 격렬하면 순간 감각이 사라질 때도 있고 유체이탈자 같이 멍하니 자신을 내려다보고 있을 때도 있다. 감정이 고조되는데 몸이 감정을 숨기면 그 기운이 날아갈 때도 있다고 밖에 설명할 길이 없다. '론다 번'의 저서 《The Secret》의 신비같이 내면의 격렬한 에너지가 창공을 넘어 우주까지 날아가는 것 같다.

격한 감정을 잘 드러내지 않아서일까. 내면으로는 오만가지 감정이 소용돌이치면서도 겉으로는 내색없이 비밀의방에 꼭꼭 숨겨놓듯이 받아들였다.

손꼽을 정도의 예외인 경우가 있었다.

기뻐서 온 몸이 떨렸던 순간이 내 인생에 몇 번 있었지만 감정에 충실했던 적이 있었다. 큰애가 원하는 학과에 들어갔을 때 밖에서 그 소식을 휴대폰으로 받았다. 두근거리는 가슴을 진정하며 급히 집으로 향했다. 현관문을 열고 들어와서 큰소리로 아이 이름을 불렀다. 신발도 벗지 않고 현관에서 큰애와 손을 마주잡고 펄쩍펄쩍 뛰면서 소리를 질러댔다. 심장소리를 둥둥 들으며…. 기뻤던 경우는 많았지만 겉으로 환호소리를 내며 있는 힘껏 표현하기는 처음이었다. 그날 하루는 올라오는 감정에 충실했고 마음껏 감정을 발산했다. 아마도 가족 모두가 기쁨을 누려서일 게다. 혼자의 기쁨이었다면 그렇게는 안했을 것이다.

작은 애도 취업의 어려움을 극복하고 결실을 보았을 때 그때는 다르게 감정을 발산했다. 우리는 밤새도록 웃고 떠들고 먹고 마시며 기쁨을 나눴다. 가족들이 눈을 반짝이며 모여앉아 수도 없이 무한반복으로 되짚었다.

자리에 누워도 몸이 둥둥 떠서 거실로 나와서 하늘을 보며 누웠다. 우주까지 마음만이라도 날아가라고, 때로는 유체이탈자같이….

벅차서 잊을 수 없었던 순간은 곱씹을수록 맛있다. 어려움을 겪거나 볼품없이 쪼그라들 때 '그럴 때도 있었지' 하면서 위안하기도 한다.

임금희 r-keumhee@hanmail.net
2012년 월간〈한국수필〉등단

속도 없이 웃으면서

김화순

혼자 가지 뭐. 먹여주지 재워주지, 꼭꼭 박힌 꽃심처럼 핵심 포인트만 골라 보여주지. 더구나 긴 여행은 점점 어려울 텐데 마음먹은 김에 '못 먹어도 고'다. 제일 빠른 일정으로 잡고 짐도 기내용 캐리어하나로 줄였다. 성 아우구스티누스는 '세계는 한 권의 책이다. 여행하지 않으면 그 책의 한 페이지만 읽을 뿐이다.'고 했다. 여행은 '무릎이 떨릴 때 말고 마음이 떨릴 때' 가라고 하지 않던가.

세계인의 발을 삼 년째 묶어놓은 코로나19는 정이 식어버린 남자의 얼굴처럼 꼴도 보기 싫었다. 문학회에서 전해에 예약해 놓은 '코카사스 지방' 여행도 취소되고 문학회 행사였던 제주여행도 세 명으로 축소되었었다. 삶에서 소통과 교류라는 게 이토록 소중한지 예전에 정말 몰랐다. 속에서 메마른 짜증이 울컥 솟았다.

여행사에서 이태리 일주 상품이 올라왔다. 동유럽은 몇 번 갔었고 서유럽은 자유여행이어서 이태리가 개구쟁이 앞니처럼 빠져 늘 아쉬웠다. 생일기념으로 함께 여행 가자던 친구들에게 들이밀었다. 한 친구는 '이런 코로나 시국에 여행을'이라며 움찔 물러났고 한 명은 건강에 문제가 있어 주저했다. 나 역시 집을 떠나지 말아야할 이유는 많았지만 모른 척, 잊은 척, 지운 척 하기로 한다.

천년 돌길은 반질반질 윤이 났다. 뺀질거리는 아이 입에 걸린 개구진 웃음 같다. 로마의 돌길 위에서, 시스티나 성당의 줄이 뱀처럼 돌돌 똬리를 틀어도 눈웃음이 쉬지 않았다. 나폴리 항구 앞 카프리 섬 리프트 아래 펼쳐진 야생화 천국은 덤이다. 일행 중에 내가 상당히 연장자였지만 제일 먼저 모이고 남들보다 조금 더 걸었다. 이천년을 죽었다가 살아나 생생히 말하고 있는 폼페이의 유적들, 일반 도로보다 더 많이 패인 유흥가가는 마차길, 유곽을 가리키는 이정표는 천년 돌길에 새긴 적나라한 남근 모양이었다. 그때나 이때나 차암, 막을 길 없는 사랑과 욕망이 애잔하다.

"사진 찍어 드릴께요." 혼자 온 아가씨가 친절하다. "사진 찍기, 늙어서 겁나고 싫어요." 내숭인지 빼면서도 핸드폰을 건넨다. 쑥스럽지만 환하게 웃어준다. 속도 없이 잘도 웃는다. 두고 온 걱정을 아는지 햇빛이 머리 위에서 어둠의 그림자를 가려주었다.

나처럼 혼자 온 백발의 여자. 그녀의 룸메이트에게만 내 수필집을 주었다고 노골적으로 패를 가르고 안면을 바꾼다. 웃고 상냥하게 굴다가 뒤에서 흉보던 '빙그레 쌍년'을 향한 분노는 파스타에 돌돌 말아먹었다. 나는 속도 없이 웃으면서 브라보 원더플 좋아요를 외치며 다녔다. 날씨도 맑았지만 베니스 바티칸 폼페이 등 일정은 코로나로 꽉 막혀있던 내 삶에, 최고의 순간을 선물했다. (박노해 '내 생의 좋은 날들' 인용)

김화순 hii0316@naver.com
2014년 월간〈한국수필〉등단

지금 이 순간의 행복

장순희

어릴 적 별명이 곰순이였다.

2남4녀의 형제 중 둘째딸이다. 연년생인 동생이 유독 예뻐서 함께 나가면 사람들이 내 동생을 보며 예쁘다고 걸음을 멈추고 어루만진다. 나는 늘 그랬듯이 옆에서 끝날 때까지 기다려야만 했다.

어머니는 '이담에 우리 순희 선보러 올 땐 동생을 다락에 감춰두고 선을 봐야겠다. 선보러 와서 동생 보면 이거 내려놓고 저거 데려 가겠다고 하면 어떻하냐.'고 걱정했다. 49세에 암으로 돌아가시기 전까지 갓 제대한 애인과 함께 입원중인 어머니 간호를 했다. 얼른 일어나 우리 결혼 시켜야 할 걱정을 하던 어머니의 장례절차가 모두 끝날 때까지 집에도 가지 않고 엄마의 빈소를 지켜 우리가족들이 감탄했고 시어머니는 못마땅해 했다.

결혼 후 남편은 동대문시장에 나가 장사를 했다.
동원훈련 일주일 동안만 가게를 봐달라고 당부하기에 나갔다가 이십여년을 눌러앉았다. 오랫동안 장사하던 주변상인들이 선무당이 사람 잡는다며 동대문 일대가 떠들썩하도록 소문나게 장사를 크게 잘했다.
이게 웬 형벌인가. 말주변도 없고 사람 많은 데는 꺼려하던 내가 장돌뱅이로 시장판 난장판에 앉아 있음이 너무 우울했다. 그때의 내 감정을 글로 표현하는 작가들이 부러워 일주일에 한번은 가게를 종업원들한테 맡기고 수필 강의를 듣고 배우며 몇 년 후엔 작가로 등단을 했다.

필리핀 인도네시아 등지의 선교사들이 우리 티셔츠를 받으면 전도와 선교에 크게 쓰임 받는다고 하기에 필요한 곳에 보냈다. 밤새워 장사를 하고 수북한 돈뭉치를 정리하며 가장 깨끗한 돈은 따로 추려 십일조와 감사 선교구제헌금을 원 없이 드렸다. 팔백만원의 전셋집에 살면서 오천만원의 땅을 사서 선교부지로 교회에 드렸더니 장사는 더 잘되고 내 집과 땅은 점점 늘어갔다. 남편을 장로로 세우기 위해 남편이름으로 소년소

녀가장을 돕고 무의탁노인들 재활원에 재소자 출소자들을 돌보는 기관에 트럭으로 제품을 보내며 물심양면으로 도왔다.

시어머님 장례식장에서 시누이들이 올케는 엄마한테 최선을 다했다며 엄마가 나를 칭찬하던 얘기를 들려줄 때 의외였다.

어머님 장례를 모두 끝내고 자리에 누웠을 때 남편이 내 손을 잡으며 고맙다고 한다. 며칠 전 공장사무실로 엄마가 전화를 해서는 '혁이엄마가 속이 깊고 착하니 매사에 혁이엄마 말을 듣도록 하라기에 바빠 죽겠는데 웬 잔소리냐고 끊었는데 그게 마지막 대화일 줄이야' 한다.

그 후 시아버님의 재혼, 또 돌아가실 때까지 입원 퇴원을 거듭하며 오랜 병원생활하는 동안 평소에 남편을 못마땅해하며 초록은 동색, 끼리끼리라던 아버님은 병원에서 내가 들어서기만 기다리며 며느리 효도 보는 맛에 산다고 하셨다.

밤새 장사하고는 앉을 새도 없이 서둘러 입맛이 까다로워 병원밥을 꺼리는 아버님을 위해 아버님이 좋아하는 반찬을 만들어 중계동에서 일원동 삼성병원으로 날랐다.

아버님이 좋아하는 음식은 슈퍼에 없어서 재래시장을 다녀야했다. 몇 년의 투병을 견디지 못하고 돌아가실 때 재혼한 새 시어머니가 병원에 너무 뜸하게 오는 것을 서운해 하셨다. 아버님 장례식장에 많은 교인들과 성가대까지 참석하여 왔을 때는 나는 거의 탈진이 되어 인사도 제대로 못했다. 장례식장에서 장로님이 내게 다가와 축하한다고 하셨다. 내가 정신이 혼미해져 잘못들었나 했다.

내가 장로로 피택되어 그 큰 교회의 장로가 되었다고 했다. 밤잠 못자고 장사해서 번 돈을 이름도 없이 빛도 없이 하나님께 아낌없이 드리는 여종을 더이상 숨길 수 없고 감출 수 없어 장로로 피택한다는 목사님 말에 투표하여 만장일치로 장로가 되었다고 했다. 모든 장례절차를 끝내고 바로 목사님을 찾아뵙고 사임한다고 했다. 남편을 장로로 세우기 위해 기도하며 모든 것을 남편이름으로 행했는데 저는 아니라고 울먹이자 목사님도 우리 장집사를 보면 절이라도 하고 싶다며 주저앉으려는 목사님을 붙잡아 일으키다 서로 붙들고 잠시 울먹였다.

칠순이 코앞에 와있는 이번 어버이날! 친정엄마보다 시어머니보다도 훨씬 오래 살고 있는 나는 친정부모와 시부모님의 임종을 모두 지켰음을 감사한다.

경매부동산임대업을 하는 회사에 십여년째 근무한다. 처음엔 보잘 것 없던 회사가 지금은 천억대가 넘는 자산을 지닌 규모로 커졌다.

회사물건인 제주도 땅을 둘러볼 때 그곳에서 동에등에 사업으로 고생하고 있는 젊은 청년직원들이 아줌마도 아니고 할머니도 아니란다기에 나는 손뼉을 치며 최고의 찬사라며 웃었다.

몇 안되는 내 고객으로 거의 백억대의 자금을 투자시킨 나는 회사의 투자담당 이사직을 맡고 있다.

대표님이 일당백을 한다며 건강 잘 지키고 80세까지 함께 가자며 고맙다고 했다.

수필반에서 회장직을 맡았는데 지금은 선생님이 명예회장님이라고 했다. 곰순이가 참으로 출세했다.

남편은 생일 때 마다 꽃다발을 한아름 안겨준다. 함께한지 40여년이 되던 어느 날 남에게는 욕쟁이 싸움꾼으로, 조폭 같은 남편이 사랑한다 존경한다며 편지를 써 보내고 자기 생의 최고의 축복은 나를 만난 거라고 한다.

말을 하도 안해서 미용실에서 자기들끼리 고객카드에 말없는 분이라고 적었던 내가 할머니도 상할머니인 이 나이에 이사님, 회장님으로 불리며 실력 있고 뛰어난 작가들과 함께 공부하고 있는 나를 돌아보며 사람은 누구나 환경따라 조건따라 달라짐을 깨달으며 지금이 바로 내 생애 최고의 순간인거 같다.

장순희 jsh1919@hanmail.net
2001년 월간〈한국수필〉등단

재고 1권

전미란

　내 책이 잘 진열되어 있나 볼 겸 광화문 교보문고에 갔다. 수천 수만 권속에 내 책이 있다니 비현실 같았다. 입구에 들어서자마자 심호흡부터 했다. 그런 다음 책꽂이 숲을 지나 바로 산문코너로 직행했다.

　아무리 찾아도 내 책이 보이지 않았다. 검색을 했더니 재고 1권이 떴다. 서울 한복판 대형서점에서 내 책을 내가 검색하다니, 기분이 묘했다. 아이를 찾는 어미의 심정이랄까. 책등에 적힌 수많은 이름들 속에서 내 이름을 찾는다. 내가 부르다 지친 이름을 찾는다. 팔렸나? 에이, 설마. 아니면 매장에서 누가 읽고 있나? 행방이 묘연했다.

　카트를 끌며 책을 꽂고 있는 점원에게 다가가 조심스럽게 물었다. 점원은 열심히 찾기 시작했다. 입안에서는 몇 번이고 침이 고였다. 그녀는 짜증 섞인 한숨을 내쉬며 쪼그려 앉더니 서가 맨 아래 손잡이를 끌어당겼다. 서랍이 쑤욱 빠져나왔다. 널찍한 서랍 속 꽉 들어찬 책들은 깊은 잠에 빠져있는 것 같았다. 시루떡처럼 켜켜이 쌓인 책들을 빼내고, 빼내고, 제치고, 제치고 난 후, 저 안쪽에서 전혀 손이 타지 않은 내 책이 얼굴을 내밀었다. 나는 마치 구입이라도 할 듯이 얼른 받아 들였다.

재고 1권을 천천히 넘겼다. 밤을 밝히며 찍은 마침표에 내가 있었다. 교과서와 참고서외엔 책과 담쌓고 살아온 과거를 생각하면 책을 내는 일은 상상할 수 없는 일이다. 가난한 단어들로 한 줄을 쓰기위해 괴로웠던 날의 연속이었고 읽힌다는 것이 얼마나 어려운 일인지 쓰면서 알게 되었다. '저자가 어떤 의도로 썼건 그 글을 해석하는 독자가 중요하다'는 롤랑바르트 말처럼 내 글이 좋다는 사람을 만날 때면 힘이 났다. 읽히지 않아도 내가 온전히 책 속에 있으니까 행복했다.

밝은 조명아래에는 유명작가 책들이 사열되어있다. 독자가 자주 찾는 책, 매출에 영향을 주는 책들로 빼곡하다. 이런 상황에서 나는 무엇보다 현실감각이 필요했다. 죽었다 깨어나도 조명아래 놓일 수 없는 내 책『이별의 방식』을 유명 에세이 틈새에 끼워 넣었다. 자리보존이나 잘 해주고 오고 싶었다. 좁은 틈새에 팽팽한 긴장으로 서 있는 내 책을 보니 문득 미국의 8살

소년이 떠올랐다. 자기가 만든 그림책 한권을 누군가 읽어주길 바라는 마음으로 도서관에 몰래 꽂아두고 온 후, 사서의 눈에 띄어 뜻밖의 베스트셀러가 되었다. 대출 대기자가 밀려 11년을 기다려야 볼 수 있다고 한다. 내 책은 점원에게 발견되는 즉시 퇴박맞고 치워지겠지. 그래도 주인이 와서 한 번 쓰다듬어 주었으니 관심을 못 받고 사라져도 서운하지는 않겠지. 나는 소기의 목적을 달성한 사람이 되어 회전문을 도망치듯 빠져 나왔다.

서점마다 책은 넘치고 넘친다. 삼라만상처럼 책도 태어나고 소멸한다. 광화문 교보문고는 옛것과 새것이 끝없이 교체되는 곳이고 내 책 또한 통과의례로 거쳐 가는 임시처소이다. 책들의 거대한 고향 같은 이곳은 웬만해서는 표지를 내 보일 여유가 없는 곳이다. 대부분의 책들은 눕지 못하고 창고에서 누군가 찾기를 기다리며 세월을 보내고 있다.

이제 막 태어난 내 책, 눈도 뜨지 못한 새끼를 꺼내어 날개를 달아주었다. 세상에 나오자마자 잊혀 질지라도 부디 스스로의 운명을 찾아가기를. 비록 남의 자리에 모로 서 있을지라도 내 생에 가장 빛나는 순간이었다.

전미란 mudamssi@hanmail.net
2002년 〈수필과비평〉등단

물수제비 날다

송복련

 내게 엄치 척하고 내밀었던 시간이 있었을까? 지나온 세월을 더듬어 보려니 흐르는 강물 속을 걷다가 건져 올리는 돌멩이 같다. 무늬가 예뻐서, 모양이 괜찮아서 건져 올린 돌들은 시간이 지나면서 물기가 가시고 빛을 잃고 하찮아졌다. 또 다른 돌에게 끌려 다시 집어 올릴 때처럼 괜찮았다가 말았다 한다. 주워들었던 순간의 기쁨들은 어느새 메아리처럼 아득히 멀어지고 말았다.
 나는 수재의 반열에 올라본 적이 없으니 사법고시, 의사고시 외무고시 같은 고시는 꿈도 꾸지 않았다. 그렇다고 예능에 뛰어나지도 않았으니 뭐 하나 내세울만한 게 없이 평범하기 그지없다. 이제 '내 인생'이라는 단어를 써도 그다지 거부감이 들지 않는 나이가 되었다. 앞으로 이루어 갈 날보다 돌아볼 날이 길다. 흘러가는 강물 속에 돌들은 잠겨 있지만 구르는 돌에게도 모양과 소리와 무늬가 있었으니 물살과 마주치며 울음소리를 내며 깎여나갔을 것이다. 어쩌다 물수제비로 날아든 돌은 내 삶에 전환점이 되어 주었다. 이끼와 물때가 묻은 시간을 흘려보내면서 몇 번이나 물수제비들은 날아들었을까.

내 생에 최고의 순간이란 나에게 집중된 말이다. 그러니 모든 이들이 우러러보는 화려한 순간은 아니더라도 수수한 들꽃처럼 피었던 날은 언제일까? 몇 번의 전환점을 맞으면서 삶의 무늬를 그렸던 날들 중 하나를 쑥스러운 마음으로 꺼내본다.

그날은 아들, 딸, 며느리, 사위에 남동생까지 함께 한 자리였다. 대전에 있는 호텔 행사장은 옷매무시를 가다듬은 하객들이 꽃다발을 들고 붐볐다. 많은 축사가 이어지고 나서 무대에 올라 신인상을 받는 순간이었다. 상패와 꽃다발, 카메라의 집중 세례를 받았다. 가까이 대하기 어렵고 우러러 뵈는 원로 수필가들과 가족들의 축하 속에 수필가로 인정받는 자리가 아닌가. 정말 폼 나게 무대에 섰던 날이다. 이미 고인이 되신 김규련 수필가님은 각별히 대해주셨다. 이십 년도 전의 일이니 어떤 말들이 오갔는지 지금은 잊었지만 남동생이 '가문의 영광'이라고 했던 말은 아직도 기억한다. 주변에 작가를 둔 적이 없는 동생은 누나의 작가탄생을 진심으로 축하해주었다. 자랑스러운 남동생의 격려였으니 더 힘이 났다. 못난 내 자존심을 비로소 벗어던졌다.

 오늘이 지금까지의 축적된 삶이라고 한다면, 지금이 내 인생 최고의 날이며 지금 하고 있는 일이 가장 소중한 일이 아닐까 싶다. 내 방에 들어서면 서가에 책들이 넘친다. 읽은 책과 읽을 책 오래된 책과 신간들로 종류도 다양하다, 거기에 내가 쓴 세 권의 수필집과 시집도 있다. 책상 위에는 어지럽게 책이 흩어져 있고 컴퓨터의 커서는 연신 깜빡인다. 이제 새로운 일을 도모하려는 마음은 조금도 없다. 오로지 내 빈약한 글쓰기를 위하는 일이라면 마음이 설렌다. 읽고 싶은 책을 읽고 밑줄도 그으며 정신을 살찌우거나 세상을 향해 발을 내디디며 새로운 발견에 기쁨을 누리는 일을 사랑할 것이다. 글벗들과 만나서 대화까지 나눈다면 가장 행복한 순간이 될 것이다.

 글쓰기를 이렇게 오래도록 이어갈 줄은 몰랐다. 마지막까지 작가의 길을 걸을 생각이다. 사주를 믿는다면 나는 작가가 되는 것이고 그러기 위해 지금까지 애써온 것이리라. 앞으로도 계속될 것이다. 삶의 축적인 오늘, 내 인생 최고의 순간에 엄지를 척 내밀어본다. 이십여 년 전 내 삶 속으로 날아든 물수제비

하나, 오래도록 아름다운 무늬를 그려나가길 빌어본다.
소리 없이 피는 들꽃처럼 오늘 하루 환하게 웃는다.

송복련 boklyensong@hanmail.net
2003년 〈수필과 비평〉수필 등단. 2017년 〈인간과 문학〉시 등단

어둠 속에서 찾은 빛

조귀순

집 옆에 시각장애인도서관이 있다. 몇 년 전 '길 위의 인문학' 프로그램이 있어 참여했다. 장애인과 비장애인이 함께 듣는 인문학 강의다. 연암 선생 얘기였다. 8주 차 마지막 날에는 탐방이었다. 장애 유무를 떠나 소통기회의 장이었는데 나는 장애인을 위한 어떤 수고도 하지 않고 염치없이 다녀왔다.

〈시각장애인 어르신 자서전 대필 봉사자 모집〉 문자가 들어왔다. 예전에 복지관에서 주관한 어르신 자서전 대필을 한 적이 있다. 이번엔 시각장애를 가진 어르신이라 좀 부담스러워도 의미 있는 일 같다. 내 나이 회갑을 맞은 해였다. 앞으론 이런 일은 하고 싶어도 더는 못할지 모른다. 담당자에게 내 나이를 밝히고 가능한지 물었다. 들어보니 본 사업의 취지는 비장

애 청년들이 시각장애 어르신의 자서전을 써드리는 '푸른 봄 청춘 쓰기, 이였다

　며칠 후 청년대필자가 부족하다고 연락이 왔다. 일주일에 두 번씩 생애 구술사 교육부터 시작했다. 그러나 코로나19 확진자가 급증하여 강의를 중단했고 거리 두기를 시행하면서 2부제로 나눠 들었다.

　내가 만난 어르신은 초등학교 3학년 때 실명하였다. 물놀이를 하다 친구가 무심코 던진 돌에 맞아 그날로 시력을 잃었다. 다행히 한쪽 눈이 살아있지만 둘이 할 일을 혼자서 도맡은 눈도 혹사를 당해 뿌옇게 보인다. 그에게 어둠은 시력뿐이 아니다. 가난과 무학이 따라다녔다. 새벽에 일 나가 밤늦게 돌아오는 홀어머니 아래서 풀뿌리 뽑아 먹을 힘도 없었다. 배가 고파 지쳐서 자고 고픈 배는 냉수로 채우고 방에서 뒹굴거렸다. 놀림 받는 것이 싫어 학교도 가지 않았다. 머슴으로 간신히 배만 곯지 않고 성인이 되었다. 시력장애인이라 늘 위축되어 쬐그만 쇠공장만 전전긍긍한 일생이었다. 한평생 무시를 감내하며 그는 부지런함으로 인정받았다. 든든한 남편이고 따뜻한 아버지로서 부끄럽지 않다. 다만 자녀가 아버지의 학력을 말할 자리에선 못내 미안했다.

　시각장애 어르신 자서전 모음집 《어둠 속에서 찾은 빛》이 출간되었다. 출판기념회는 참여자와 대필자, 녹음도서 낭독자만

참여하였다. 전직 공무원, 성공하신 사업가, 건물주 할머니 등, 한분 한분 이야기는 마음에 울림을 주었다.

어르신의 기억을 끄집어 내서 그 기억의 조각들로 퍼즐을 맞춰가는 일은 정말 녹록지 않았다. 하고 싶은 이야기가 많다셨지만 가물가물하다. 해도 해도 끝이 없는 가난 이야기로 되돌아 왔다. 어제 했던 이야기를 오늘 처음 하시는 듯 말했다. 다양한 소제를 제시해도 가슴에 맺힌 한으로 끝이 났다. 무더운 여름에 시작해서 이내 가을바람이 불어왔으나 내 등에서는 삐질삐질 땀이 났다. 인터뷰 시간을 마치고 찻집에 앉아 일상이야기에서 동기부여를 만들었다. 나도 시골서 어렵게 자랐다. 연배가 비슷한 언니나 아재 이야기를 끌어다 놓았다. 묵정밭을 일구듯이 잊혔던 사연들을 심어나갔다. 어느 순간 어르신의 표정이 밝아졌다. 비록 내가 쓴 글이 어르신 삶의 완벽한 기록은 아닐지라도 가슴에 응어리를 풀어낸 것만으로도 위안이 된 듯하다. 당신 같은 사람이 무슨 자서전을 쓰느냐고 비웃던 사람들에게 당당하게 책을 보여 주셨다. 일가친척들과의 대화에서 열외였던 그가 새로운 모습을 드러낼 수 있게 되었다. 코로나만 풀리면 한글 교실에 나갈 의지를 비쳤다. 제대로 표현하지 못했는데 자신보다 더 본인의 마음을 잘 그려줘서 눈물이 났다는 어르신을 보니 가슴이 뭉클하다. 오히려 내가 더 많은 것을 배웠다. 주변을 돌아볼 수 있는 게 시력이 좋아서만은 아니란 걸 깨달은 내 생애 고귀한 순간이었다. 내겐 봉사가 아닌 수행의 시간이었다.

*글 제목: 시각장애 어르신 자서전 모음집 《어둠 속에서 찾은 빛》으로 함.

조귀순 noeul40@hanmail.net
2004년 계간 〈자유문학〉 수필등단

북한산 등반길에 생겼던 일

최건차

날씨가 잔뜩 흐렸지만 명절이면 늘 해오던 대로 북한산 기도 등반을 하기로 했다. 정릉 입구의 식당에서 김밥을 사려는데 추석이라고 쉬는 모양이다. 아침을 생략하고 나온 터에 컵라면과 빵으로 점심을 때울 생각을 하니 좀 그렇다. 칼바위를 향해 한참 오르다 목이 말라 샛길로 접어들어 약수터를 찾았다. 암벽의 작은 구멍에서 아기들 오줌발처럼 생수가 졸졸 흘러내리는 곳이다. 가끔은 귀한 산가재가 보이기도 해 일부러 꼭 찾는 곳인데 물흐름이 보이지 않는다. 어떤 가뭄에도 마르지 않았고, 요 며칠 새에는 비까지 자주 내렸는데 무슨 사달이 난 건가 싶다.

어쩔 수 없이 라면을 끓여 먹으려는 보온병의 뜨거운 물이라도 식혀 마시려는데. 주변으로부터 무슨 일이 금방 발생할 것 같은 이상한 영적 기류가 내 마음을 압박해 오고 있다. 이 지대는 정상적인 산행코스에서 벗어나는 데라서 들어낼 수가 없다. 오래전에는 암자가 있었고 주변에는 한때 무당들이 은거했었다. 하지만 기왕에 내킨 김이라 마음을 단단히 다져 먹고서 으슥한 숲길을 오른다. 마치 베트남전 당시의 정글 지대에 들어선 것 같다. 주변을 경계하며 위험지대를 벗어나야 살 수 있겠다라는 생각에 몰입되어 이마에 식은땀이 나고 등골이 오싹해진다.

바로 그때 조금 떨어진 앞쪽에서 바스락거리는 소리가 들린다. 멧돼지인가 싶어 조심스럽게 살펴보니 베트콩처럼 검정 옷에 검정 배당을 맨 사람이 홱 돌아다 본다. 그는 태풍에 꺾어져 떨어진 나뭇가지들을 주어 내가 진행하려는 방향에 장애물을 설치하면서 산길을 오르고 있다. 무성한 풀숲 사이로 겨우 다니는 길인데 훼방질을 하다니 고약한 놈이로구나 라는 생각이 든다. 약수터 물도 저놈의 짓이겠다라는 생각이 들어 더 괘씸하게 여겨진다. 그때 앞서가던 사나이가 나를 힐끔 돌아보며 날렵하게 산등성이를 오른다. 행동거지가 보통으로 보이질 않는다.

어쨌든 느낌이 좋지 않아 거리를 좀 띄운다. 앞서가던 그가 내가 가는 방향이 아닌 옆으로 꺾어 길이 아닌 데로 간다. 다행이다 싶어 나는 늘 다니던 오른쪽으로 조금 오르다가 그쪽이 궁금해져서 바라보았다. 거리가 약 20미터쯤인데 그도 기다렸다는 듯이 나를 바라보더니 야X새끼야 라며 욕지거리를 해댄다. 황당하고 어이가 없었지만 잠깐 주시하다가 그냥 가려는데 날 더러 꼼짝 말라고 서 있으라고 고함을 지르며 배낭을 벗어 재낀다. 기가 막혀서 왜 그러느냐고 한마디를 던졌는데 들른척 하지 않고 큼직한 나무 몽둥이를 치켜들더니 나를 때려죽여야 겠다며 빠르게 간격을 좁혀온다. 가까이 오는 걸 보니 나보다 약간 더 커 보이는 50대쯤으로 형색이며 말투가 정상이 아니고 거칠어 보여 일단 방어 자세를 취했다.

바짝 다가서는 상대의 눈에 살기가 서리고 있다. 인적이 없는 산속에서 괴상한 자에게 피살당하게 되는가 싶은 불길함이 들었다. 어차피 죽음을 당하느냐 아니면 죽이느냐 하는 상황이 펼쳐지려는 찰나였다. 배낭을 벗을 겨를이 없어 스틱을 치켜들고 방어하려는데 어느새 내 정면의 머리를 향해 일격이 가해진다. 옆으로 살짝 피하기는 했으나 왼쪽 이마에 통증이 느껴지면서 피가 흐른다. 이대로 당하다가는 목숨을 잃을 것 같다는 판단에 나도 스틱으로 그자의 목과 어깨를 향해 힘껏 두어 번 후려쳤다. 그자가 욱하는 소리를 내며 몽둥이를 떨어트리는 게 충격을 받은 모양이다. 다시 내리칠 자세를 취하며 너의 정체가 뭐길래 나를 해치려 드는 거냐고 물었다. 그는 아랑곳없다는 듯이 씩씩거리며 번개처럼 달려들어 내 스틱을 붙잡고 늘어진다. 밀착된 상태에 뒤엉켜지면서 발길로 놈의 정강이를 몇 번이고 마구 찼는데 놈이 주춤하고 물러서더니 몽둥이를 찾아 들고서 또 덤비려 든다.

그 틈에 나도 공격 자세를 취하면서 가까이 오면 죽이겠다고 소리쳤다. 이제는 네놈이 죽게 될 수도 있다. 나는 너를 죽일 수 있는 것을 가지고 있다. 네놈이 나를 죽이려고 덤비면 어쩔 수 없이 처치해 버릴 작정이다. 하지만 나는 사람을 괜히 다치게 하고 싶지 않으니 네놈이 하기에 달렸다. 내 비록 너보다 나이가 더 들었지만 쉽게 당하지 않을 자신이 있다. 그렇게 알고 내 가는 길을 방해하지 말거라. 움찔하던 녀석이 꺼지라며 욕질을 하면서 주춤거린다. 이때다 싶은 생각이 들어 이쯤 해서 나도 내 갈 길을 가야 하겠으니 너도 몽둥이를 내려놓고 너의 갈 곳으로 가거라. 약속으로 우리 서로가 뒤로 세 걸음씩 물러서자고 했으나 답이 없다.

어떻게든 덤벼올지 몰라 그를 정면으로 응시하면서 내가 먼저 두어 발자국 뒤로 물러섰다. 녀석이 아직 덤벼들 기세가 아니다 싶어 얼른 앞으로 방향을 잡고 발길을 재촉했다. 북한산을 50년 넘게 오르내리며 이 길을 수 없이 다녔는데 꿈을 꾸는 듯하다. 어쨌든 위험한 고비를 일단 넘긴 줄 알고 백운대에 올라 하나님께 감사의 기도를 드리고 내려오는 중이었다. 인수봉이 마주 보이는 옆을 돌아 아슬아슬한 절벽 난간을 통과할 무렵 조금 전의 그자가 또 다가오는 것으로 보였다.

아래는 천길 절벽이다. 아찔해지면서 빗물에 젖은 암반에서 미끄러졌다. 앞 사람이 그자로 보인 착시현상이었다. 안전 난간 대를 벗어났는데 다행하게도 이중으로 설치된 안전선 때문에 무사했다. 나를 헤치러 들었던 사람으로 보였던 분이 큰일이 생기는 줄 알았다며 가슴을 쓸어내리면서 위로해주었다. 북한산을 오르면서 2010년 설맞이 때는 빙판에 넘어져서 갈비뼈 3대를 크게 다친 적이 있었다. 10년이 지난 추석맞이 등반에서는 괴이한 자를 만나 맞아 죽을뻔 했다. 그런 사고를 당했음에도 북한산 기도 등반은 멈출 수가 없어 조심하면서 계속하고 있다.

최건차 ckc1074@daum.net
2005년 창조문예 2012년 〈한국수필〉 등단

삶의 여지가 있는 지금

조순영

 남편 나이 팔순에 그이가 뜻하지 않게 119에 실려 대학병원에 가 버리고 난 후 나 혼자 남아서 일주일을 꼬박 집을 지키며 추위와 공포에 떨면서 별별 생각을 다하며 지냈다. 자신이 하는 어지간한 일에는 자신만만하던 사람이 죽을 고비를 넘기자 갑자기 겁쟁이가 되었지만. 마주 앉아서 이런저런 이야기를 나눌 수 있는 지금이 내 생애 최고의 순간인 것 같다. 결혼한 후 첫아들을 유모차에 태우고 지금의 북서울 꿈의 숲 너럭바위에 앉아서 길 건너 많은 집들을 바라보면서 이렇게 많은 집 중에 우리는 집 한 칸이 없다고 신세 한탄하던 때가 있었다.
 그 후 작은아들 출산을 앞두고 대지 35평짜리 단독주택을 산 후 날마다 그 집 주위를 서성이며 우리만 집이 있는 것처럼 기뻐했다. 그리고 두 달간 출산 휴가가 끝난 후 출근을 앞두고 그 집으로 이사를 했다. 친정 동생들을 포함해서 아홉 식구가 함께 사느라 어려움도 있었지만 힘든 줄도 몰랐다. 노력한 만큼 발전한 것도 좋았고. 원하던 딸까지 낳았다. 한때는 시동생과 시누이 딸과 친정 조카까지 데리고 있은 적도 있었다. 식구가 적지 않았는데도 사람이 싫지 않았다. 그 바람에 아이들 성격도 원만하게 형성된 것 같다. 친정어머니가 우리 아이들 삼남매를 지극정성으로 돌봐 주셨기에 나는 마음 놓고 직장에 다닐 수 있었다. 아침마다 집에서 키운 케일로 즙을 짜서 먹이며 얼마나 열심히 돌봐 주셨던지 아이들도 무난하게 자랐다. 할머니가 쫓아다니며 밥도 먹여주었다면서 만약 엄마가 전적으로 우리를 키웠더라도 할머니처럼 잘 기르진 못했을 거라고 딸이 말한다.

국제 전신 전화국에 근무할 때 관운이 있었던지 모범 사원으로 뽑혀 체신부 장관상을 받았다. 딸이 여섯 살 때 내가 과천 종합청사로 전출을 갈 때 환갑이 된 어머니는 살림에서 벗어나 종교 활동을 열심히 하셨다. 잠시 집에 혼자 남은 딸 아이는 도우미 아주머니의 딸과 놀기도 했고, 한 집에서 함께 살던 집 막내딸과 친구로 지내면서 자립심을 키워나갔다. 큰 아들이 대학에 들어가자 남편도 젊을 때 다니던 대학에 복학을 했고, 나도 방송통신대학에 입학을 해서 온 식구가 대학생이 되기도 했다. 90세가 넘자 치매에 걸린 어머니가 나와 딸을 도둑으로 몰면서 우리를 힘들게 했다. 낮에는 데이케어센터에서 돌봄을 받기도 했으나 보기가 딱했던지 여동생이 요양원으로 보낸 후 요양원에서 96세에 편안하게 돌아가셨다.

1999년에 국가에 뜻하지 않은 국가 부도를 맞이해 나는 명예퇴직을 했다. 그 이후에는 내가 하고 싶은 공부 하면서 25년째 살고 있다. 지속적으로 수필 공부를 하면서 3년 전부터는 가요가창학도 공부하고 있는데 만만치 않은 공부다. 뒤늦게 시작한 가요가창학 공부가 이렇게 어려운 줄은 공부를 해 본 다음에야 알았다. 퇴직한 후에는 이번에 뜻하지 않은 남편의 지병으로 어려움을 겪은 것 말고는 나는 자유롭게 살아왔다. 퇴직한 지 오래지 않아서 서울시 여성제언 대회에 성북구 대표로 나가서 세종문화회관에서 대상을 받은 일은 나에게 큰 영광이었다.

남편이 가족력으로 심혈관 질환을 앓아서 스텐트를 여섯 개나 박아서 걱정은 됐지만 잘 견뎌내었다.

그런데 이번에는 식도를 다쳐 위로 피가 조금씩 끊임없이 나오고 아래로는 흑변이 나왔는데도 일주일이나 계속 피를 흘려 하마터면 생명을 잃을 뻔했는데도 감지하지 못하고 있다가 네 병의 피를 수혈받고 나서야 나아지게 되었다.

게다가 충수염에 코로나까지 겹쳐서 일주일 이상 1인 격리

병실에 입원했다가 퇴원을 했다. 입원해 있는 동안 본인도 너무 무섭고 마음까지 추워서 견디기 힘들었다고, 가족의 소중함을 깊이 느꼈다고 한다.

한 달 전에 119에 실려 가서 치료받은 대학병원과 심혈관 질환으로 서울에 있는 스텐트 시술한 병원까지 번갈아 다니느라 복잡하게 얽혀있다. 아직도 여러 종류의 약을 복용하면서 지켜보고 있다. 우리 부부는 남편이 죽음의 문턱까지 가는 일을 당하고 나서야 평범한 일상이 얼마나 소중한지를 깊이 깨닫게 되었다.

남편이 팔십이 될 때까지 그는 자기 관리를 잘 하는 사람이라 특별히 내가 신경을 쓰지 않아도 무사히 지나왔으나 큰일을 당한 후, 이제는 마음을 놓을 수가 없다. 순간순간 놀란 가슴이 조마조마하다.

힘든 시절을 모르고 지낼 때가 좋았는지, 아니면 이제라도 서로가 서로에 대해 마음을 쓰며 애틋한 마음으로 사는 지금이 좋은지 나로선 가늠하기가 쉽지 않다.

그래도 살얼음판을 걷는 심정이지만 위험한 고비를 넘기고 앞으로는 조심하면서 살아야 하는 것을 알게 된 지금이 좋다. 내 인생이 얼마나 남았는지 알 수는 없지만, 힘든 시기를 겪고 나서 보니 위험한 순간을 미리 대처할 수 있는 여지가 있는 지금이 좋다. 생명을 잃은 후 사후 약방문이 무슨 소용이 있으랴.

삶에서 죽음을 미리 알고 대처할 수 있는 여지가 있는 때가 최고의 순간이 아니겠는가.

조순영 maha0110@hanmail.net
2005년 계간 〈자유문학〉 등단

깐부 2

원수연

　뭉이라고 불렀어. 네가 엄마 뱃속에서 유영하면서 푸른 꿈을 탯줄에 감고 꿀 때지. 엄마 뱃속에서 열 달을 여행을 한 네가 태를 열고 세상에 나온 날 병원에서 만났지. 7여 년 만에 우리 곁으로 온 너는 지각생 아가였어. 병원 아기 침대에서 곤하게 잠자고 있는 조그마한 너의 모습을 보자 가여운 생각도 들었어. 작은 한 마리 새 같았으니깐.
　퇴원해서 엄마랑 뭉이는 조리원에 들어갔지. 화상으로 뭉이를 보기 시작했어. 아니, 이젠 유현이를 보기 시작했어. 너의 사랑스런 모습과 닮은 이름을 대견하게도 엄마아빠가 지었더라. 할미는 그때부터 환희에 찼어. 마음이 벅차서 참 행복해지곤 했지. 엄마가 유현이 사진을 휴대폰으로 전송해주었지. 가

숨이 마구 설   어. 할미한테 짝사랑 상대가 나타 난거야. 하루라도 못 보면 큰일 날것처럼 매일 엄마를 닦달됐지. 사진을 보내라, 동영상을 보내라 괴롭혔어. 그렇게 꽃으로 우리에게 왔어. 곧 자라서 새처럼 재잘대는 모습이 한 송이 꽃이기도 했지. 어느새 무럭무럭 자라나고 할머니의 가슴도 넓어졌어. 도담도담 걸어 다니는 모습이 얼마나 앙증맞고 귀여운지 어쩔 줄 몰랐지. 너를 만나고부터 새로운 희망의 꽃이 피었지. 우리에게 세상의 빛처럼, 별처럼 반짝반짝 빛났어. 맑은 눈동자 튀어나온 이마, 할미는 세상에서 우리 유현이만 말하는 것처럼 느껴졌고, 걸음마도 유현이만 하는 것처럼 느꼈어.

　한번은 감기로 인해 열이 많이 올라 병원에 입원하기도 했지. 그때 우리는 가슴을 많이 애태우기도 했었던 것 너는 모르지. 풀섶 이슬처럼* 조그마한 너의 손에다 주사바늘을 꽂을 때 유현이는 엄청 울었지. 많이 아프고 무서웠지? 이슬 달린 풀섶을 너는 아직 모를 거야. 노란 산수유꽃 등불도 있단다. 푸른 들판 단풍든 숲길 하얀 눈길 달려보렴. 그 길은 이미 엄마 아빠가 깔아 놓은 비단길이거늘 어느새 거목으로 자라있겠지. 새처럼 높이 비상하리라 믿는다. 유현아, 2021년 12월이야. 올해도 다 가고 있네. 유현이가 41개월 됐어. 겨울을 네 번이나 맞이하고 있구나.

유현아, 너 코로나19라는 못된 놈을 모르지? 할머니도 모르니까 너도 모르는 게 당연하지. 벌써 2년이 다돼가면서 사람들을 매일 위협하고 있어. 어디서 듣도 보도 못한 이상한 놈이 나타나 마스크를 쓰고 살아야 되고 가족끼리도 자유롭게 못 만나. 소중한 생명들도 마구마구 휩쓸어 가기도 하지. 뉴스도 코로나 바이러스로 시작해 코로나로 끝나는 하루하루야. 다들 힘들어 하면서 겨우겨우 버티고 있어. 말을 배워야 하는 너희들도 마스크를 착용하고 생활해야 되니 코로나19바이러스 진짜 나쁜 놈 맞다. 마스크 쓰는 어린 너희들 보기가 안타깝고 미안하다. 조금만 더 힘내고 견디어 보자. 힘을 내고 어떻게든 이겨내 보자. 코로나라는 못된 놈도 지칠 때가 있을 거야.

넷플릭스라는 텔레비전방송에서 오징어게임드라마가 엄청 인기 있었어. 너도 크면 알겠지만 달고나 게임도 있었지. 할머니는 할아버지랑 같이 오징어게임을 보았는데 깐부라는 제목이 제일 재미있었어. 6회 제목이 깐부였거든. 구슬치기게임은 아니고 구슬가지고 하는 게임이었는데 오영수 할아버지를 이정재 아저씨가 속이기도 했어. 그랬지만 오영수 할아버지가 결국은 이겼다. 그런데도 오영수 할아버지는 이정재 아저씨한테 이긴 것을 양보했어. 왜 그랬냐구? 오영수 할아버지가 말했어. 우린 깐부잖아, 깐부끼리는 네 거 내 거 없는 거여. 그래 맞아.

할미는 유현이가 이세상이고, 전부잖아. 유현이하고는 할머니는 네 것 내 것 없잖아. 생각 보니깐 유현이 하고 할미사이가 깐부가 아닌가 생각했어.

할머니 집엔 30년 전 유현이 엄마가 소꿉놀이 하던 보석 상자가 있잖아. 꼼꼼한 성격의 너의 엄마가 버리지 말라고 해 할머니 집에 아직 있거든. 거기에 알록달록한 머리핀, 반지, 귀걸이, 등 많은 보석이 있잖아. 그 보석 상자를 꺼내놓고 가위, 바위, 보 하자고 네가 먼저 말했어, 그것도 발음이 잘 안되니깐 바위바위 보 하면서. 근데 마지막에 머리핀 하나 놓고 할미가 이겼는데 유현이 너는 안 된다고 하면서 머리핀을 가져갔잖아. 오징어게임의 오영수 할아버지와 이정재 아저씨의 게임하던 장면이 생각나 우스웠어. 얼마나 예쁘던지 눈물이 날 지경이었어. 분명 할미가 한 번 양보했다. 왜냐구? 우린 깐부니까. 할머니는 네가 이 세상에 오던 날이 최고의 날이었단다.

*깐부: 친한 친구, 짝꿍 동반자를 의미하는 은어.
*정지용 시의 향수에서 인용

원수연 ws931@daum.net
월간 문학 당선

3⋯ 다시 걷는 딸

그 한 때를 최선을 다해 최대한으로 살 수 있어야 최고의 순간이 찾아온다

-이날은 베드로 순례길을 걸으며 온종일 눈물을 삼켰다.
 나의 기도를 들어주신 것에 대한 감사의 눈물인지, 안도의 눈물인지 모르겠다.-

그해 겨울과 이듬해 가을

김형수

군 입영 통지를 받고 목포에서 집결하여 강재삭발을 당한 채, 논산훈련소행 밤 열차를 탔다. 누구와도, 여인과의 사랑한 번 나누지 못하고 군 입대를 한 터라 마음이 허전하고 공허했다. 훈련소를 거쳐서 자대에 배치될 무렵은 어느덧 이른 봄날이었다.

최전방 고랑포는 문산 북쪽 임진강 나루 방어선 틸교를 지나고, 사부 38도 분계선 개성과 고랑포전투로 유명한 지역이다. 최전방의 병영생활은 교육 훈련이 없어 의외로 낭만을 즐길 수 있는 여유도 있었다. 병영생활을 담은 시와 글과 사진들로 만들어진 제대 앨범을 지금까지도 간직하고 있다. 나는 다행히도 군 입대 전 공무원시험에 합격하고 임용연기를 하였던 터라, 조금은 여유롭고 보람 있게 34개월의 군 복무를 마치고 제대할 수 있었다. 개구리복을 입고, 군용트럭을 타고, 경기도 파주인근의 붉게 물들어가는 감악산을 돌아 서울로 들어오는 길은 산천이 기쁨으로 춤을 추는 듯 했고, 가을 꽃 향기를 맡으며 짜릿한 행복감으로 가득했다.

군 제대 후 곧바로 공부를 하기 위해 입산을 했다. 강진 만덕산 기도원에 조그마한 방을 하나 얻어 자취를 시작했다. 이곳은 다산 정약용 선생의 초당이 있고, 계곡사이를 두고 커다란 바위산과 나무들이 울창한 보기 드문 명승지이다. 초겨울로 들어선 만덕산 산야는 나뭇잎 떨어지고 나목(裸木)으로 드리우기 시작했다. 흐르는 계곡물에 냉수마찰을 하고 아침체조로 건강관리를 하며 산사생활은 시작되었다. 어머니가 처녀시절부터 예수님을 믿으셨기 때문에 모태신앙이라 볼 수 있지만, 당시 나의 마음 한편으로는 피폐해 있었다. 무엇인가 세상을 사는 동안 믿고 의지할 만한 대상이 있었으면 좋겠다는 생각으로, 여러 가지 종교서적들을 준비하여 입산했다. 먼저 노자의 도(道), 즉 무위자연(無爲自然)사상의 세계를 고찰해보고, 불경에 몰두해 석가모니가 진리를 깨닫는 과정에선 깊은 감동을 받았다. 내가 왜 일찍 이런 책을 접하지 못했을까? 후회가 될 정도로 마음이 설레었다. 그러나 마음속 갈증을 다 해갈해 주지는 못했다. 이번에는 성경을 읽어보자는 심산으로 하루 세

시간씩 새벽마다 성경을 읽기 시작했다. 점점 횟수를 늘려 두 달 만에 성경을 일독했다. 그러나 창세기에 나오는 천지창조 과정이 믿어지지 않았으며, 예수님이 나와 무슨 상관이 있는지 도무지 이해가 되지 않았다. 나는 많은 의문점들을 노트에 기록해서, 기도하러 오시는 목사님들과 토론도 하고 기도회에 참석도 해보았지만 마음은 쉽게 열리지 않았다.

그러던 어느 날 기도원 원장 목사님께서 내 방문을 여시며 "기도원에 어떻게 오셨습니까." 라고 물으시기에 공부하러 왔다고 하니 "여기는 공부하는 곳이 아닌데." 라며 못마땅하게 생각하시며 돌아갔다. 저녁에 하산한 줄 알았다. 아침에 밥을 지으려고 쌀을 씻고 있는데 산꼭대기에서 내려오시는 것이 아닌가! 그 날 밤은 영하의 몹시 추운 날씨였고 밤이 되면 산짐승 울음소리가 나는 무서운 곳인데, 밤새 추위와 무서움도 잊은 채 기도하고 내려오신 목사님은 나에게 커다란 도전이 됐다.

그 무엇이 추위와 무서움도 잊게 했을까. 나에게도 저런 믿음이 있으면 얼마나 좋을까. 그리고 옆방에서는 어느 집사님이 40일 금식 기도를 하고 계셨는데, 벌써 열흘째에 접어들고 있었다. 일주일 이상 아무것도 먹지 않고는 생명을 유지하는 것이 불가능하다고 알았던 터인데, 힘들어하면서 누워있는 그를 보고 먹고 기운이 있어야 기도할 것이 아니냐고 빈정대기도 했다. 추운 겨울 아침, 아침밥을 짓기 위해 쌀을 씻다가 문득 뇌리를 스치는 생각이 있었다. '돼지같이 살만 찌우면 뭘 하나!' 이런 생각이 들자 쌀을 씻던 바가지를 벼랑 아래로 던져버리고 산꼭대기로 올라갔다. 기도문을 써서 기도하고, 큰 소리로 찬송을 불러 보며, 억지를 쓰며 하나님 만나기를 갈망했다. 저녁때쯤 되자 꽁꽁 얼어붙은 봄이 불덩이처럼 뜨거워졌고, 이제 그만 산을 내려가라는 강한 느낌이 있었고, 야릇한 기분에 넘쳐 산을 내려왔다. 그날 밤 놀라운 일이 일어 났다. 기도가 나오기 시작했고, 성경을 읽으니 그윽한 향내가 나며 마치 살아 움직이는 듯 말씀이 새록새록 마음에 와 닿았고, 잠자는 시간과 밥 먹는 시간까지도 아깝게 느껴질 정도였다. '말씀이 살아 움직인다는 게 이런 것이구나!' 지난날의 수많은 죄상들이 스쳐 지나고, 회개의 눈물이 한없이 흘러내렸다. 내가 죄인이었음을 고백하게 되었고, 나와 예수님과의 관계를 비로소 알게 되었다. 나의 생명을 주신 분은 바로 하나님이셨음을…. 거친 마음속의 슬픈 감정들이 눈 녹듯 녹아내리면서 기쁨과 감사의 눈물로 밤잠을 이룰 수 없었으며, 세상이 모두 아름다워 보였다. 발령통지서를 들고 산에 올라온 누님께서는 변화된 내 모습을 보며 놀라워하시며, 서로 얼싸 않고 기쁨의 눈물을 흘렸다. 달빛이 은은하게 비치는 밤이면, 눈 덮인 만덕산 산야에 엎드려 기도했다. 내 마음속에 은혜의 단비가 한없이 내려졌고, 구원을 선물로 받았다. 환희의 기쁨으로 넘쳐났다. 그 해

겨울, 나는 군 제대 후 스물다섯 되던 해 이렇게 성경을 통해서 예수님을 만났다. 그 분에 대한 첫 사랑이 내 생애 최고의 선물 이였고, 기쁨과 행복의 순간들이었다. 그리고 이듬해 가을에 지금의 아내와 첫 사랑을 나누며 결혼했다. 40여년이 지난 지금까지도 역경의 세월도 많았지만, 사랑의 전도 편지로, 푸른 그리스도의 계절이 오기까지, 복음의 빛을 사람 앞에 비추고 있다.

김형수 khyngsu@hanmail.net
2006년 〈한국수필〉 등단

다시 걷는 딸

이현숙

　이탈리아에 있는 베드로 순례길을 걷는다. 이탈이아 말로 '비아 프란치제나'는 영국의 대성당이 있는 도시 캔터베리에서 프랑스와 스위스를 거쳐 로마까지 이어지는 길이다. 'Via Francigena'는 프랑스에서 오는 길이란 뜻이다. 중세시대에는 교황청과 사도 베드로의 무덤을 방문하려는 사람들에게 중요한 길이자 순례길이었다. 베드로는 자기가 주님과 똑같은 자세로 죽는 것이 합당치 않다고 말하면서 자신을 십자가에 거꾸로 매달아 달라고 요청했다. 그리하여 베드로는 그의 나이 70세인 AD67년 네로에 의해 순교 당한다. 그가 순교한 자리가 지금의 바티칸 언덕이다. 베드로 성당이 있는 자리가 베드로가 처형당한 장소인 듯하다.

뙤약볕에 비포장 길을 하염없이 걷는다. 갑자기 카톡 소리가 울린다. 사위가 가족방에 동영상을 올렸다. 딸이 환자복을 입고 걷는다. 지팡이를 손에 들었다. 지팡이도 안 짚고 걷는 딸의 모습을 보자 눈물이 왈칵 솟는다. 첫돌이 되던 날 처음 발짝을 떼던 딸의 모습이 떠오른다.

남편이 떠난 지 한 달 정도 지나서 새벽에 카톡 소리가 난다. 무심코 들어보니 사위가 올린 것이다. 와이프가 뇌출혈로 쓰러져 아산병원 응급실에 왔다는 것이다. 정신이 멍해지며 무슨 말인지 이해가 되지 않았다. '와이프가 누구지?' 하는 순간 정신이 번쩍 든다. 아니 내 딸이구나 이게 도대체 웬일인가? 남편이 내 곁을 떠난 지 한 달밖에 안 됐는데 딸도 내 곁을 떠나려나 보다. 가슴이 먹먹해지고 심장이 녹아내린다.

아산병원에 치료할 자리가 없어서 기다리고 있다고 하더니 오후가 돼서야 한양대병원으로 전원하여 머리를 열고 뇌수술을 받는다고 한다. 4시간의 수술 끝에 수술이 잘 끝났다고 문자가 올라왔다. 당장 달려가 보고 싶지만, 간병인도 가족도 면회가 안 된다고 한다. 얼굴도 못 보고 목소리도 못 들으니 속이 타들어 간다.

이렇게 3주가 지나고 딸이 카톡방에 처음으로 이모티콘 하나를 올렸다. 그동안 오른쪽 팔과 다리가 마비되어 카톡도 못 했다. 아들, 며느리와 나는 너무 기뻐서 환호성을 지르며 박수를 보냈다. 하찮은 이모티콘 하나가 이렇게 감격스러울 수가 없다. 평범한 일상이 지금 딸에게는 기적이다.

4주가 지나서 강남 세브란스 병원으로 전원을 한다고 하여 한양대병원으로 달려갔다. 이동식 침대에 실려서 구급차로 옮기는 딸의 모습을 보니 또 눈물이 나려한다. 억지로 참는다. 죽음의 문턱까지 갔다 온 딸의 얼굴은 담담하다. 수술하느라 머리를 박박 밀어서 파르스름하다. 머리에는 수술 자국이 선명하다. 구급차를 타고 세브란스 병원으로 가는 동안 이런저런 얘기를 나눴다. 사위는 자기 차를 타고 오느라 시간이 걸린다. 구급차 기사가 딸을 부축하여 병원 로비 의자에 앉혀주고 간다. 사위가 오기를 기다리며 의자에 앉아 한양대병원에서 사 온 빵을 먹었다. 딸을 보니 빵을 오른손으로 집어서 먹는다. 젓가락질은 못 해도 빵은 집을 수 있다고 한다. 그나마 다행이다. 딸이 빵을 집는 모양을 보니 신기하고 대견하다.

한참을 기다리니 사위가 왔다. 어디서 휠체어도 구해왔다. 사위가 딸의 겨드랑이를 들고 내가 휠체어를 딸의 엉덩이에 밀어 넣었다. 짐보따리에는 기저귀가 가득하다. 화장실에도 못 가나 보다. 사위에게 식당에 가서 점심을 먹고 오라고 했다. 기다리는 동안 딸의 머리를 보니 머리가 하나도 없어 시릴 것 같다. 내 가방에 있던 모자를 주고 쓰라고 했다. 옷도 얇아서 춥지 않으냐고 하니 집에 있는 가디건을 달라고 한다. 사위가 다시 와서 입원 절차를 밟았다. 병실로 올라가는 딸을 보니 애처롭다.

그 후 문자도 보내고 무엇을 잡으면 일어설 수도 있다고 했다. 몇 주 지나자 지팡이를 짚고 걸을 수 있다고 했다. 그런데 오늘은 지팡이 없이도 걷는 모습을 보내온 것이다.

이 동영상을 동생들 카톡방에도 올렸더니 감동이다, 눈물이 난다고 하며 온통 난리가 났다. 아들 며느리도 기쁨과 격려의 메시지를 올린다. 딸이 다시 걷기 시작한 이 날은 아마도 내 생애 최고의 날이지 싶다.

이날은 베드로 순례길을 걸으며 온종일 눈물을 삼켰다. 나의 기도를 들어주신 것에 대한 감사의 눈물인지, 그동안 속을 태우다가 생긴 안도의 눈물인지 모르겠다.

사람이 한평생을 살아오면서 수많은 우여곡절을 겪는다. 평탄하기만 한 인생은 없을 것이다. 그 고비를 어떻게 넘기는가가 문제다. 어떤 사람은 자살하기도 하고 어떤 사람은 견디기 힘들어 남을 해치기도 한다. 이번에 맞은 이 일은 내가 넘기 가장 힘든 파도였다. 남편의 죽음보다 더 아프고 아린 고통이었다. 지금은 퇴원하여 집에 온 딸이 신통방통하다. 내 곁을 떠나지 않은 것이 그렇게 고마울 수가 없다. 제발 나보다 먼저 가는 일만은 없었으면 좋겠다.

이현숙 hyunsook9923@daum.net
2007년 월간〈한국수필〉등단

최고의 순간을 기다리며

김성숙

눈을 게슴츠레 뜨니 아버지의 등이 보인다. 잠이 덜 깬 상태로 부엌을 내다보니 가마솥에서 김이 올라오고 아궁이에서 타닥타닥 나뭇가지 타는 소리가 들린다. 부엌 천장은 그을린 나무 그대로다. 엄마는 분주하게 아침을 준비하고 있다. 따스하다. 어린 시절 그때로 돌아가 있는 듯 행복하고 편안하다.

시골집 부엌과 아버지, 현재가 힘들다고 느끼는 날이면 꾸는 꿈이다.

그때의 기억이 가장 편안하고 좋은 기억이었을까?

나의 삶 속 최고의 순간이었을까?

아버지는 나를 늘 흡족한 표정으로 봐 주었다. 친구들과의 일들을 재잘거리며 늘어놓으면 대견한 듯 보아주었고, 가끔씩 자랑거리가 생겨서 자랑을 늘어놓으면 세상에서 가장 똑똑한 아이인 듯 흡족해 하셨다.

"우리 둘째 딸은 엄청 똑똑하고 똑 부러지지. 어른도 말로는 둘째 딸을 못 이겨 먹어."

만나는 사람들에게 자랑삼아 말씀하시곤 했다.

어린 시절은 모든 것이 나로 인해 변할 것만 같았다. 무한한 사랑으로 봐주던 아버지와 함께했던 시간은 반짝반짝 빛날 수 있었다.

성적이 안 나와서, 혹은 단짝 친구가 오늘은 다른 친구와 더 친해 보여서, 그 외에도 이런저런 고민들도 있었지만 모든 것이 다 좋았었나 보다.

기억을 더듬어 보니 여러 장면들이 떠오른다.

결혼식장에서 흰 드레스를 입은 모습도 최고의 순간으로 빛났다.

미래가 두렵지 않았고 사랑하는 사람과의 날들이 기대로만 가득했던 시간이었다. 나를 바라보는 사람들의 시선, 어딘지 들떠 있던 시간들. 사랑하는 사람과의 출발선에서 서 있던 시간이 최고의 순간이지 않았을까?

첫 아이가 태어나던 시간, 조그마한 손가락으로 나의 손을 힘차게 꼬옥 잡던 순간, 나의 시간들 속에서 최고의 순간이었다. 5개월을 조산이 될까봐 불안하게 기다린 끝에 태어난 둘째

아이가 파아란 얼굴로 내게 왔던 순간도 최고의 순간이었다.

뇌수술을 받은 남편이 중환자실로 돌아와서 처음 눈을 뜨고 나를 알아봐 주었던 시간, 다시 볼 수 없을 것만 같았던 긴 시간을 견디고 그와 다시 마주했던 시간이 최고의 순간이었다.

16년 글쓰기의 결정체로 만들어진 책이 나왔던 순간. 감격적이고 가슴 벅찬 시간이었다.

삶의 굴곡을 이겨낸 순간들도 이제 와 생각하니 최고의 순간들이었다.

삶이 힘겹고 벅차다고 엄살을 부리며 지나온 시간이었지만, 순간순간들이 얼마나 빛나는 최고의 순간이었는지 깨달을 수 있었다.

먼 훗날 기억이 희미해지는 순간이 오면 오늘 지금이 가장 찬란했던 순간이었다고 기억할 수 있을까?

사랑하는 사람이 함께 있는 이 순간

사는 것이 별거 없다는 것을 늘 깨달을 수 있는 지금

나의 최고의 순간들이 나를 기다리고 있다.

김성숙 alehd1008@hanmail.net
2007년 월간〈한국수필〉등단

고쟁이가 내려오던 날

이춘자

　내게는 직장에 다닐 때 받은 감사패 상패가 몇 개 있다. 그것들은 인생 일모작 때의 일이다. 인생 이모작은 돈벌이와 상관없이 자녀들의 도움과 응원으로 글을 쓰게 되었다. 글쓰기는 어릴 때부터 나의 꿈이었다. 그동안은 바쁘다는 핑계로 꿈을 포기한 것이다. 꿈꿀 수 있는 환경이 주어 졌는데 지금은 글 한편 쓰기가 힘이 든다. 어떤 사람이 '글쓰기는 산고의 고통이다.'라고 표현한 말에 공감이 간다. 문우들이 등단을 하는 것이 몹시 부럽기도 하였다. 매사에 자신이 없는 나에게도 권남희 선생님의 도움으로 등단의 기회가 주어졌다.

　등단 신인상을 받는 날은 특별한 날이니까 한복을 입었다. 평상시에는 한복 입을 기회가 없어서 오랫동안 장롱 속에서 잠자던 옷이다. 식이 진행되고 올 해의 등단 작가를 호명 할 때 내 차례가 되었다. 단상에 올라가면서 치맛자락을 밟아 넘어질까봐 치마를 조금 들고 조심스럽게 단상에 올라갔다. 단상에 올라가서 상패를 받고 내려오는데 낭패한 일이 생겼다. 치마 속에 입은 고쟁이 고무줄이 툭 끊어졌다. 검정 고무줄이 세월이 지나니 삭아서 일을 낸 것이다. 고쟁이가 다리 밑으로 스르르 흘러내렸다. 무의식적으로 두 무릎을 꽉 붙이니 한 걸음도 옮길 수가 없었다. 양 손에 든 상패와 꽃다발을 바닥에 내려놓고 쪼그리고 앉아서 고쟁이를 벗었다. 사람들의 시선과 관심은 밝은 조명의 단상에만 있었다. 나의 급박한 일에는 아무도 관심이 없어 그나마 다행이다. 그날 망부석이 되어 땀으로 멱을 감았던 일이 엊그제 같다.

　삶에서 동아줄 같았던 고무줄이 끊어지는 일이 이것뿐이겠는가. 나는 등단 신고식을 너무 힘들게 치르고 등단 패를 받았다. 등단 패를 볼 때마다 그 날 일이 떠올라 웃음이 나온다. 사전에 고무줄에 이상이 있는지 확인 하지 않았던 것이 화근이 된 것이다. 아무 일 없이 등단을 했더라면 특별한 추억도 없었을 것이다. 내가 살아온 여정을 뒤돌아보니 어느 한 가지도 그냥 지나가지 않았다. 삶의 고비마다 거센 폭풍이 불어와 신고식을 호되게 치러야만 했다. 시간이 지나니 그렇게 사나운 폭풍도 언제 불었는지 모르게 지나갔다. 지금 내 삶은 그 지독한 신고식이 자양분이 되어 더 단단해 지지 않았나 싶다.

'젊음에서 늙음까지 장거리의 고독, 말 속에 자신을 묻고 고난 속에서 꽃을 피우는 사람. 그 다음에 우리가 할 일은 이 세상에 문자를 파종하기 위해 두 눈을 지그시 감고 생각에 잠기는 일이다.' 미래수필 작가 회에서 준 기념패에 적힌 문구다. 그렇다 나는 좋은 글을 파종하려고 애쓰는 농부다. 때로는 고독에서 헤어 날 수 없는 아픔의 씨앗을 뿌려본다. 내가 뿌린 씨앗은 가뭄, 홍수, 냉해 어떤 재난에서 굳세게 살아 아픔의 씨앗이 기쁨의 열매가 맺어지기를 바란다. 내가 죽은 후에는 살아 생전에 어떤 문자를 파종했고 좋은 열매가 맺어졌는지 두려울 뿐이다. 좋은 일에는 나쁜 일도 따라오기 마련이다. 호사다마(好事多魔)란 말도 있지 않는가.

지금 생각해 보니 고쟁이가 내려오던 그 날이 내 생애 최고의 순간이 아니었나 싶다.

이춘자 dajeongd1@hanmeil.net
2008년 월간〈한국수필〉등단

초심을 잃지 않는 순간

효재 문장옥

    남편에게 지금까지 살아오면서 최고의 순간은 언제였느냐고 물었다.

  아침 식사를 하면서 뜬금없이 묻는 말에 남편은 빙긋이 웃으며, 당신을 만난 순간이라고 즉각 답했다.

  이때 나 역시 당신을 만난 순간이 최고였다고 맞장구쳤으면 좋았을 터인데, 생뚱맞게 나는 친정아버지가 여고 시절 공부 잘한다고 시티즌(CITIZEN) 손목시계 사주었을 때였다고 케케묵은 자랑질로 신바람이 났다.

  나에게 생명을 주고 칭찬과 사랑으로 키워주셨던 부모님은 오래전 세상을 등지셨다. 그리고 남편을 만나 살아온 세월이 부모님 슬하에 있을 때보다 15년이나 더 길다. 더구나 부모님으로부터 독립하면서 내 인생의 고락(苦樂)을 짊어지고 온 사람은 부모, 자녀가 아닌 남편이었다. 그는 어쩌면 나와 우리 아이들을 위해 자신이 누리고픈 기쁨과 즐거움의 시간보다 가족을 위해 궂은일을 하며 살아온 세월이 더 길지도 모른다.

그런데도 '자기애(自己愛)'에 사로잡혀 자신을 밀어내는 듯한 말을 내뱉는 아내를 만난 것이 생애 최고의 순간이라고 답하니, 내가 아무리 얼굴이 두껍고 입이 열 개가 있어도 할 말이 없었다.

나는 엄한 아버지와 자애로운 어머니의 슬하에서 성장해 왔고 교직에 오래 종사한 사람으로, 자유 분망하게 살아온 이들은 앞뒤가 꽉 막혔다고 거부감을 느낄 수도 있을 원칙주의자다. 남편 역시 고지식한 유형이지만 나보다는 유머가 있고 진취적이다.

어른들의 주선으로 부부가 된 우리는 결혼 초, 삶의 목표를 '스위트 홈'으로 정했다. 우린 세상의 어떤 부귀와 명리보다 가정의 행복을 최우선으로 하자는 생각으로 화목한 가정을 만들려고 노력을 많이 했다.

하지만 철이 덜 들었던 탓에 평소에는 잉꼬부부로 평화롭게 잘 지내다가도 어쩌다 크고, 작은 의견충돌이 생기면 서로가 고집을 팽팽하게 내세우며 상대에 대한 양보와 배려를 내동댕이치고 맞선 적이 많았다. 더구나 아이들을 키우면서 문제가 생기면 엄마인 나에게 모든 책임을 전가하는 듯한 남편이 싫어서 혼자 이혼을 꿈꾼 적도 있었다.

사십 대 중반, 남편은 대기업을 다니다 퇴사하여 사업을 시작하였으나 처음엔 쉽지 않아 보였다. 그는 언제나 동분서주했지만, 성과가 없어서 마음고생이 커 보였다. 맞벌이로 바쁜 나날이었으나 한동안 힘들어 보이는 그 사람의 힘이 되고자 내 나름 말없이 힘썼다.

시간이 흐르자 차츰 남편의 안색이 펴지기 시작했다. 남편의 사업이 안정기에 접어 들 무렵, 우리 부부는 결혼기념일을 제주도에서 보내기로 했다. 결혼기념일마다 이벤트를 마련하여 함께 시간을 보내곤 했는데, 이때는 전보다 더 쾌적한 호텔을 예약해 놓았다고 했다.

그 날 저녁 시간이었다. 고급스럽고 아늑한 분위기의 호텔 레스토랑에서 그는 포도주를 권하며 "그동안 당신 고생 많았어. 이제부터는 고생 끝, 행복 시작이야!"라고 사랑을 담은 눈빛으로 부드럽게 말하였다.

결혼하던 날부터 여자이기에 남편한테 늘 손해 보고 있다는 생각과 할 말은 많지만 모두 다 내뱉지 못한 말, 억눌려 있던 억울한 감정 등, 그동안 속상했던 것들이 그의 말 몇 마디로 따스한 햇볕에 눈이 녹듯이 사르르 녹아내렸다. 지켜지지 못할 말이 될지라도 그 순간에는 세상을 다 가진 듯 행복했다.

지금 생각하니, 그날은 남편이야말로 세상에서 나와 가장 가까운 사람이며 행복을 안겨주는 유일한 사람이라는 것을 처음으로 깊이 깨달은 날이었다. 그 시간은 내가 부모님께 사랑과 인정을 받았을 때보다도 더 행복한 순간이었다. 아마도 남편과 함께한 세월 중에서 가장 최고의 순간은 그때가 아니었을까 싶다.

이십 대 후반에 만난 우리 부부는 에로틱한 사랑은 나누었지만 고달픈 인생길을 헤쳐 나가는 힘은 늘 부족한 처지였다. 아이들 보살피는 일, 살림 꾸리기, 건강관리 등 해야 할 일은 끝이 없었다. 그러나 남편은 회사 일에만 정신을 쏟아도 건강이 부실하였고, 나는 집안일을 제대로 배우지 않고 결혼을 했으니 아이들을 기르며 병행하는 가사가 늘 버겁기 그지없었다.

살림만 해도 힘든 상황인데 맞벌이 부부였으니 경제적으론 여유가 있었지만, 시간과 일에 쫓기느라 우리 부부 마음에는 아이들에게 늘 미안함이 쌓였다. 그로 인해 서로 잘못 만난 커플인 양 자주 아옹다옹하기도 했다.

남편은 비교적 행동거지가 반듯하여 흠잡을 일이 없는 편이었으나, 직장을 오가며 살림을 살펴야 하는 나로서는 힘에 부치는 한계점에 도달하면 작은 일이라도 그에게 트집을 잡아 불화를 일으켰다.

그러함에도 불구하고 그가 더는 나에게 고생시키지 않겠다는 결심을 단단히 보여주니 내가 아무리 무쇠같이 강퍅하게 굳어진 심장을 지녔어도 녹을 수밖에 없던 순간이었다.

  남편이 언젠가 나에게 생애 최고의 순간을 다시 묻는다면 그의 손을 꼭 잡고 그 날의 감동을 이야기할 것이다.

  초심을 잃지 않고 사는 남편이 옆에 있다는 사실이 든든하다.

문장옥 moon-5218@hanmail.net
2008년 〈한국수필〉 등단

대부분 좋았고 가끔 나쁜 건 날려버리고

허해순

 그때는 몰랐었네.
 물, 공기, 어버이 사랑은 사라져야 절실해서.
 아이들이 유치원에 다니자 한숨 돌린 나는 벚꽃 구경도 하고 싶고 장미정원도 가고 싶었다. 남편은 노인처럼 무슨 꽃구경이냐며 일축하고 휴일에 부족한 잠을 보충했다. 그가 충분히 휴식하도록 나는 아이들을 이끌고 수영장이나 놀이공원으로 나다녔다. 학창 시절에 가보았던 대아저수지 벚꽃길과 금산사 왕벚꽃이 눈에 아른거렸다. 친정 부모님이랑 외가 행사에 갔다 돌아올 때 아버지에게 벚꽃 본 지 오래되었다고 하소연하자 정읍 천변의 벚꽃 터널로 데려가 주었다. 몽글몽글 만개한 벚꽃 터널을 아버지는 차로 천천히 몇 번 왕복하다가 중간지점에 내려주어 엄마랑 나는 흩날리는 꽃비를 맞으며 벚꽃 향에 취했다.

  자유롭고 아름다운 곳으로.

  1989년 해외여행 자유화 조치로 태국 여행을 할 수 있었다. 그때 나는 지구를 돌아다녀 보기로 결심했다. 직접 눈으로 보고 겪으며 다른 문화를 맛보는 재미가 어떤 것인지. 한비야의 〈걸어서 지구 세 바퀴 반〉 책 시리즈는 그런 나에게 불을 질렀다. 애들이 대학에 들어가자 먼 여행도 할 수 있었다. 모나리자 그림도 보고 빈 오페라하우스에서 모차르트 음악감상도 하고 폴란드 소금 광산, 헝가리 상점을 장식한 빨간 고추, 체코 프라하 바츨라프 거리 쇼윈도로 보이는 체 게바라 사진. 로키 산속 페이토호수의 물빛에 빠져서 넋을 놓고 바라보았지. 이집트 아스완 올드카타락 호텔에 머무르며 "나일강의 죽음"을 썼다는 애거사 크리스티, 그곳의 부겐빌레아꽃에 취해 빨간 비즈 줄로 엮은 산호 목걸이를 샀다. 나일강 크루즈는 유적과 아름다운 풍경과 놀이의 연속이었다. 사하라 사막에서 보았던 아카시아와 밤하늘의 별빛 그리고 베두인의 풍채와 눈웃음. 알래스카 글레이셔 베이 빙하와 만년설과 유빙 그리고 침엽수 앞으로 펼쳐지는 새벽녘 바다에 반짝이는 윤슬. 포르투갈 코르크 나무와 흰 구름과 요트, 스페인 플라멩코 리듬과 동작 그리고 구슬픈 구음, 모로코 민트 차도 잊을 수 없는 맛이다. 터키에서 먹었던 고등어구이 감칠맛이라니. 베이징 근교 소박한 음식점에서 춘장으로만 버무린 짜장면을 먹다 자차이를 요구했으나 샤로 잘못 알아듣고 새우튀김을 해 준 맘씨 좋은 아저씨. 처음 중국에 갔을 때 광저우 공항에서 드라이기를 권총으로 오해받고 긴 총을 찬 공안에게 검색받던 일도 있었다. 베이징 공항에서는 이십 년 전 스위스에서 샀던 빅토리아 녹스 멀티툴에 가스라이터가 장착된 줄 몰랐다가 걸려서 그곳 직원에게 주었다. 쏘렌토 추억 물건인 '돌아오라 쏘렌토로' 멜로디가 나오는 마호가니 보석함은 이웃집 꼬마에게 선물했다. 편지를 곱게 접어 넣고 싶게 만든 런던의 빨간 우체통, 하이델베르크 광장에서 노동자들이 데모하는 광경을 마주하고 그곳 성당에 들어가서 우리말로 기도문을 써서 벽에 붙여 놓았지. 타이베이 시장통에 먹거리도 많지만 큰 책방이 그렇게나 많다니…. 영종도 다리를 건너다 남편이 갑자기 화를 냈다. 가족을 놓고 떠나면서 어떻게 그렇게 눈이 반짝이냐며 서운해 했다. 그러나 나는 영종도 다리만 건너면 새털처럼 가벼워지고 능금처럼 싱그러워진다.

　꿈을 심고 가꾸고.

　딸과 함께 여행을 많이 했다. 벳푸 노천탕에 함께 몸을 담그고서 눈 내리는 태평양과 동백꽃을 바라보며 나의 미래를 부탁했다. 나중에 내가 노쇠해지면 일하느라 바쁘더라도 관리만은 해달라고 슬프지만 웃으면서. 정월에 내리는 눈이 아소산을 하얗게 덮고 있었지만 우리는 산 정상을 향했다. 딸이 인도로 유럽으로 나다니기 전에 나랑 둘이서 지브롤터 해협을 건너 모로코 카사블랑카에서 연말을 보냈다. 호텔 카페에서 '세월이 가면' 연주를 들으며 취하기도 하고. 스페인 말라가 태양의 해변(코스타 델 솔)을 거닐며 반짝이는 이름 고야와 피카소, 달리와 미로, 가우디와 구엘을 떠올렸다. 리스본 떼주강 짙붉은 노을빛은 사진으로 남겼지만 다시 가볼 수나 있을까. 캐나다 독립기념일에 오타와 정부청사 광장에서 단풍잎 국기로 장식한 인파들과 어울려 놀다 수상 관저까지 돌아보았다. 미국 서부와 동부 대학도시를 돌아보며 맨해튼에 딸만 남겨놓았다. 그때 경험으로 유학을 한 딸이 졸업식에 참석하기 위해 직장에서 휴가를 얻고 우리에게 초대장을 보내왔다. 덕분에 남편과 서부여행을 하고 딸에게 갔다. 서부여행을 한 지 십 년도 안 되었는데 거기도 조금은 변해 있었다. 딸과 함께 루이스 칸이 설계한 킴벨미술관과 렌조 피아노 작품인 그곳 교육관까지 가보았으니 현실인가 꿈인가. 관현악 연주에 맞춰 차례로 입장하는 졸업생과 학장이 한 사람씩 소개하며 안아주고 은사에게 춤을 추며 다가가는 다양한 인종의 졸업생들. 졸업식 하루 전날 딸이 주로 지냈던 도서관과 강의실을 돌아보며 딸의 시간과 노력과 고뇌와 성취를 확인했다. 졸업식이 끝나고 리셉션장에서 은사들은 졸업도 하기 전에 취업한 딸을 칭찬하며 엑설런트를 연발했고 남편은 눈에 눈물이 가득했다. 남편은 나를 만났을 때가 인생에서 가장 행복했던 때라고 립서비스 하지만 나는 안다. 딸과 전공이 같은 그는 그때가 가장 행복했을 것이다. 딸은 나에게 "우리 집 행복은 다 엄마 덕"이라면서 자기는 인생의 목표가 부모님께 효도하는 것과 자신이 하는 일에 최선을 다하는 것이라고 했다.

자신의 회사는 아버지 성으로 이름을 짓겠지만 성공해서 사회에 되돌려 줄 때는 엄마 성으로 하겠다고 한다. 꿈은 이루어질 것이다.

허해순 nobleher@hanmail.net
2008년 〈월간문학〉 수필 당선

오늘, 지금

권 봄

-그때가 좋을 때다.
-내가 그 나이만 돼도 걱정이 없겠네.
-십 년만 젊었으면.

선배들한테 늘 들어왔던 멘트이다. 언뜻 보기엔 나하고 나이 차이 크게 안나 보이는 분들도 내게 이런 말을 건네면 웃음이 난다.

현대의학 기준으로 평균수명을 백 살로 본다면 오십이 인생의 터닝 포인트가 될 것이다. 이런 셈으로 따져보면 나는 오십 후반부로 건너왔으니 전환점은 터치한 것이다.

이젠 모임에 나가면 내가 선배 위치에 있을 때가 많다. 부담스러울 정도로 깍듯이 대하는 후배들과 있으면 나도 나이 들었음을 실감하게 된다.

뒤돌아보면 내게도 화양연화(花樣年華) 살면서 가장 아름답고 행복한 시간도 분명히 있었다. 그럼에도 나는 후배들한테 -그대들이 젊어서 부럽다. -그 시절로 다시 돌아가면 좋겠다. 등등 이런 덕담을 한 번도 나눠본 적이 없다.

새치가 돋아 염색도 해야 하고 스킨케어도 기능성화장품으로 바꿔줘야 하는 등 약간의 번잡스러움이 있긴 하지만 그럼에도 나보다 한 살이라도 젊은 그들이 부러워 본 적은 없다.

다만 아쉬운 부분은 있다. 빛의 속도로 빠르게 변화하는 네트워크 환경에 대처하는 부분이다. 나름 모바일 적응 수준도 처지진 않는다 위안을 삼지만 인류에게 급습한 코로나로 인해 십 년 이상 빠르게 찾아온 네트워크 환경엔 두 손 들 때가 있다.

비즈니스는 물론이고 실생활 전반에 변화를 몰고 온 쇼핑, 문화, 금융거래까지 이 사회에서 공존하려면 필수 인지 사항이 되어버렸다. 손에든 핸드폰 하나로 비교검색을 순식간에 마치고 배달 앱으로 클릭이 들어가니 이런 부분은 그들의 속도와 차이가 남은 어쩔수가 없다.

나는 이십 대 후반에 운전을 시작해서 친구 중 가장 먼저 내 차를 몰고 다녔다. 요즘 길거리에 전동킥보드 타고 다니는 젊은이들 만나면 신선함에 미소가 절로 생긴다. 자동차는 조작 방법에 대해 일정부분 운전 교습을 마치고 바로 도로 주행을 시작할 수 있지만 전동 킥보드 운전은 다른 문제이다. 순발력과 신체적 균형감각 등이 전제되니 운동신경이 떨어지는 연령대에선 시도하기 쉽지 않은 이동 수단이다.

발표할 때도 차이점을 느끼곤 한다. 예를 들어 문학 스터디 수업에 들어가면 이십 대부터 육십 대까지 연령층이 다양한데 주제 발표 시 후배들은 막힘없이 속사포처럼 본인의 의견을 내놓는다. 이삼십 대 후배들은 태블릿 피시를 책상에 올려두고 바로 강의 파일을 정리해둔다. 그에 반해 난 강의 내용을 숙지하고 내 것으로 소화하는 데는 예전의 아날로그식 방법을 고수하고 있는 편이다.

이렇듯 외형적 둔화로 첨단의 현대 사회에서 아가기 힘든 장애 요인도 분명 있지만 전체를 요약 할수 있는 현명함이 생겼다. 살림에서도 내려놓기를 연습 해보니 시간이 많아져서 좋다. 바쁘다 바뻐를 입에 달고 종종걸음 다닐땐 해보지 못했던 팔짱을 낀 느긋한 관망도 즐겨보고 멍때리기 호사로 뇌를 쉬게 하는 팁도 알게 됐다.

내가 아이를 키우며 시행착오도 많았고 제때 엄마노릇 충분히 못해줘 가슴한편이 아려오는 부분도 있지만 길을 걷다 아이 손을 잡고 걸어가는 젊은 엄마를 만나면 나도 모르게 저 작은애를 언제 키우려나 눈길이 한참 머물게 된다.

몇 살로 돌아가고 싶으세요? 하고 누가 묻는다면 일초의 망설임도 없이 지금 이순간이 제일 행복한데 어디로 돌아가냐고 반문할 것이다.

지나온 세월을 회상하며 수필을 쓰고, 살아보지 못한 이야기들을 머릿속에 상상해본다. 말로 건넬 수 없는 내 소신을 소설로 그려내 한편씩 엮어내며 살고 있는 지금이 내 인생에서 가장 행복한 한때이다.

오늘, 지금이 화양연화(花樣年華) 이다.

권 봄 sora1588@hanmail.net
2009년 〈한국수필〉 신인상 당선

봄밤

김단혜

꽃길을 갑니다. 한 발짝 옮길 때마다 꽃들이 일제히 일어섭니다. 마치 컴퓨터 화면 속에 파노라마 영상처럼 가까이 다가옵니다. 십수 년째 남편과 함께 찾는 곳은 메모리얼파크입니다. 가장 절정일 때는 사월 마지막 주입니다. 벚꽃이 지면 겹벚꽃이 피어나 앞으로 한 달 정도 이곳의 꽃들은 피고 지고를 반복합니다. 삶과 죽음처럼 말입니다. 남편은 시가지가 내다보이는 꼭대기에서부터 절정의 봄을 담기 시작합니다. 늘 그곳에서 같은 구도로 찍다 보면 시간이 흐르는 것이 아니라 장면이 바뀌는 것 같습니다. 꽁무니를 보여주지 않는 시간은 그 자리에 있습니다. 조금 아래로 내려오면 남편이 좋아하는 나무가 있습니다. 언덕에 서 있는 오래된 나무는 줄기를 땅바닥까지 늘어뜨립니다. 꽃잎 사이로 봄날을 희롱하듯 햇살이 비춥니다. 남편은 빛을 따라 꽃과 밀애를 즐기는 듯 오래도록 렌즈 속 꽃을 들여다봅니다. 제가 좋아하는 나무는 너럭바위를 품은 벚나무입니다. 오래된 줄기에서 중간에 삐죽이 뚫고 나오는 가지에 매달린 여린 꽃이 왠지 정감이 갑니다. 어린줄기는 검은 머리카락 사이에 돋아난 새치처럼 예쁘게 미운 세월의 흔적 같습니다. 너럭바위에 앉아 남편이 사진을 찍는 모습을 바라보다 벚꽃아래서 하늘을 올려다봅니다. 하늘 반 꽃 반인 것이 마치 꽃이불을 덮은 듯합니다. 꽃잎이 하르르 날립니다. 마치 비단가루처럼 가볍게 날리는 꽃비를 눈으로 맞으며 봄의 한가운데로 들어섭니다. 선물처럼 내게로 온 소설을 폅니다. 올봄, 오래도록 봄을 뒤적이게 한 책입니다. 꽃잎처럼 흔들리다 쓸쓸해지기도 하는 중년의 사랑은 무엇일까? 죽음은 또한 무엇일까? 생각해봅니다. 남편은 내가 있는 곳으로 부지런히 걸어오고 있습니다. 바로 저 남자 지금껏 봄을 함께 했고 올봄에 깊이 사랑해야 할 또 다른 나의 봄입니다.

'산다는 게 참 끔찍하다. 그렇지 않니?' 소설은 이렇게 시작합니다. 그러나 이 소설은 오래도록 촉촉함의 물기를 갖고 있습니다. 영경과 수환은 쉰다섯 동갑내기입니다. 둘은 마흔셋 봄에 만났습니다. 이혼한 전남편이 아들을 데리고 이민을 가면서 술을 마시기 시작합니다. 중학교 국어교사인 영경은 술 때문에 더 이상 학교도 나갈 수 없게 되고 알코올중독이 됩니다. 캔맥주를 한 모금 마시고 그곳에 소주를 섞으며 '애타도록 마음에 서둘지 마라.' 로 시작하는 김수영의 '봄밤'을 낭송합니다. 맥주와 소주가 섞인 내음이 나는 여자 영경은 그렇게 조금씩 죽음의 문턱으로 하루하루 다가갑니다. 수환의 중증 류머티즘 상태는 더 심각합니다. 영경이 힘들어 하지 않고 자신을 보내줄 수 있는 날을 바랍니다. 요양원사람들은 알코올중독자와 류머티즘 환자인 이들을 알루커플이라고 부릅니다. 매일 죽음을 배웅하는 두 사람입니다. 영경은 외출을 해서 2박 3일이고 때로 보름씩 술을 먹는 아내를 깊이 이해합니다. 여기서 상대를 내가 하고 싶은 대로가 아니라 그가 하고 싶은 대로 놔두고 이해하는 여백이 있는 중년의 사랑법이 있습니다. 영경이 술을 마시면 술을 마실 수밖에 없겠지. 술을 마셔서 편해진다면 그래 마셔 그게 너니까 하며 상대를 기다려줄 줄 압니다. 사람의 좋은 점을 분자에 놓고 나쁜 점을 분모에 놓으면 그 사람의 값이 나옵니다. 장점이 많아도 단점이 더 많으면 그 값은 1보다 작아집니다. 어쩌면 부부의 사랑은 끝없이 1을 향하는 것인지도 모릅니다. 둘의 사랑은 마지막에 절창처럼 명치끝을 건드립니다. 영경이 술을 마시며 정신을 잃어가는 시간, 수환도 숨을 거둡니다. 영경은 몸이 어느 정도 회복된 후에도 수환의 존재를 기억해내지 못합니다. 온전치 못한 정신으로 수환의 마지막을 끝까지 견딘 것입니다.

　꽃놀이를 다녀온 남편은 일찍 잠자리에 들었습니다. 남편이 좋아하는 TV는 혼자 떠들어 댑니다. 커튼을 내리고 TV를 끄고 스탠드를 켭니다. 남편이 잠든 침대 밑에 무릎을 꿇고 앉습니다. 권여선의 〈봄밤〉을 읽어주고 싶어서입니다. 베개 사이에 책 오른쪽을 끼우고 오른손으로는 책의 왼쪽 페이지를 지그시 누릅니다. 남편은 깊이 잠들어 아마 이 책을 다 읽을 때까지 깨지 않을 것입니다. 태블릿에서 배경음악을 고릅니다. 따라 라 라 딴 딴 따따 ~~ 그리고 소리를 줄이고 본격적으로 읽기 시작합니다. 영경이 요양원에서는 술을 마실 수 없자 외출증을 끊어 밖으로 나가는 날, 수환에게 읽어주던 톨스토이의 〈부활〉의 한 부분입니다. 영경은 책을 읽다가 수환에게 읽어주고 싶은 문장을 만나면 접어두곤 합니다. 나는 영경이 되기도 하고 때로 수환이 되기도 합니다. 책을 읽다가 왼손으로 잠자는 남편의 손을 잡습니다. 남편의 손은 따스합니다. 영경이 수환의 손을 잡고 책을 읽어주는 것처럼 말입니다. 곤히 자는 남편의 숨소리 깊고 평온합니다. 내 행동에 내가 취해서 봄밤이 점점 선명해집니다. 때때로 남편의 얼굴을 한 번씩 쳐다봅니다. 때로는 문장에 취해 읽어 내려갑니다. 매번 눈물이 흐르던 장면에서 후드득 겹벚꽃잎 같은 눈물이 떨어집니다.
봄, 그리고 밤입니다.

　김단혜 vipapple@naver.com
　〈한국작가〉 2010년 수필등단.

최고의 순간은 이렇게 온다

윤정희

　내 인생의 최고의 순간은 아직 오지 않았다.

　나는 종종 화려한 시상식에 서 있는 모습을 상상하곤 했다. 내가 쓴 작품이 영화가 되어 멋진 수상 소감을 밝히며 사람들에게 박수를 받는 모습을 상상했다. 만약 그런 순간이 온다면 내 생애 최고의 순간이라고 말할 수 있을 것도 같다.

　운동선수의 최고의 순간은 극적인 역전승, 또는 화려한 KO승, 세계 신기록 수립 등이 되지 않을까 생각한다. 과학자는 인류의 큰 영향을 끼치는 새로운 발명이나 발전을 이룩하는 것일 것이고 문화, 예술인들은 독자나 수많은 관객에게 큰 울림과 감동을 선사하고 찬사를 받는 것, 의미 있는 큰 상을 받는 것이 아닐까 생각한다. 이런저런 눈부신 순간이 아니어도 사람에 따라서는 경이로운 자연경관을 본 순간을 떠올릴 수도 있을 것이다. 또 사랑하는 사람에게 받은 멋진 프로포즈, 화려한 결혼식 장면, 첫 아이의 탄생 등 굉장히 다양한 이유로서 그 사람에게는 평생 잊을 수 없는 최고의 순간으로 남아있을 것이다.

나도 어린 시절부터 내 인생에서 이런 모습이면 최고의 순간이겠다. 하고 생각했던 적은 많다. 그 모습을 상상하고 그 상상 속에서 나는 혼자서 나의 하루를, 청년기 장년, 노년기를 상상하며 즐거워했었다. 하지만 매번 그 모습은 바뀌었다. 하루는 화가, 하루는 신문기자, 하루는 또 선생님, 정말이지 또 다른 하루는 작가를 꿈꾸기도 했다. 영화도 만들고, 연극, 뮤지컬 등의 연출과 극본을 쓰고 싶었다. 그랬던 나인데… 모르겠다.

영화 펜스의 감독이면서 주연이었던 덴젤 워싱턴의 수상 소감을 보았다.

I'm particularly proud and happy about. ……(중략) so, keep working. keep striving. never give up. fall down seven times, get up eight.
  'ease' is a greater threat to progress than hardship. ease is a greater threat to progress than hardship. so, keep moving, keep growing, keep learning.
  see you at work.

그는 말한다. 계속 노력하고 계속 싸우고 절대 포기하지 말라고 한다. 일곱 번 쓰러지더라도 여덟 번 일어나라고 한다. 편안함 이란 발전에 있어서 역경보다 더 큰 걸림돌이라고 그는 두 번이나 강조해서 말한다. 그러니 계속 움직이고 성장하고 또 배우라고 한다. 그리고 마지막으로 그는 일터에서 봅시다! 라는 말을 했다.

그는 인생에서 최고의 순간에 도달하려면 수많은 난관과 역경을 이겨내야지만 가능하다는 것을 말하고 있었다. 젊은 도전자들을 향해서 쉬운 일은 없으니 멈추지 말고 계속 노력하고 일관성 있게 하라고 했다.

그의 수상 소감은 나에게도 큰 울림이 되었다. 편안함이란 결코 인생에서 정답이 아니고 목적이 아니고 끝이 아니다.

나는 늘 편안한 삶을 원했다. 시끄럽지 않고 조용하게 아무 문제를 겪지 않는 일상을 살아가고 싶었다. 늘 멀리 떠나서 (구체적으로는 산속) 머리 복잡하지 않고 조용히 살고 싶다는 말을 달고 살았다.

생각을 해보면 내가 조용히 살고 싶다는 것은 언제나 문제 앞에서, 또 역경이라는 어려움 앞에서 했다. 나의 그런 생각을 객관적으로 말한다면 문제 앞에서의 회피였다. 상처받고 싶지 않은 그런 마음에서 포기하고 피하고 싶은 마음이, 뒤로 물러나고 싶은 마음이 컸다.

내가 원해서 앞으로 나아갔던 적은 별로 없었던 것 같다. 항상 주위의 환경 때문에 어쩔 수 없이 떠밀려 나아간 것이 더 많았던 것 같다. 그럼에도 지금의 모습이 불만족스럽지는 않다.

정답이 아닌 것을 정답처럼, 목적이 아닌 것을 목적처럼, 끝이 아닌 것을 끝인 것처럼 바라보고 원하며 살아가는 나의 어리석음이 부끄럽다.

편안함이라는 단어를 잊고 나는 도전이라는 단어를 생각하며 일어나 움직인다. 아직 오지 않은 내 인생의 최고의 순간은 그다음에 올 것이기에.

나도 인생의 최고의 순간을 맞이하고 싶기에.

윤정희 junghee0312@hanmail.net
2010년 〈한국수필〉 등단

4 … 파리에서 보낸 일주일

-최고의 순간을 인식하지 못한다면 이유는 자신이 그 순간 만족을 모르고 넘기기 때문이다.-

- 아침 햇살에 비추던 안나푸르나봉 설산 풍경은 내 인생에 최고의 순간 이었다.-

최고의 순간은 계속되고 있다

정찬경

그렇게 기뻤던 적은 없었던 것 같다.

가만히 있어도 절로 웃음이 나오고 밥을 안 먹어도 배가 부른 것 같았다. 행복하다는 게 이런 거구나 했고 세상의 모든 것들이 아름다워 보였다.

그때 난 응급실 인턴근무 중이었다. 24시간 근무 24시간 휴무였다. 거의 쉴 틈이 없이 밀려드는 환자들, 개 중엔 위급한 사람도 있었고 경증 환자도 있었다. 쉽지 않은 응급실 근무를 하면서도 그 생각만 하면 어찌 그리 기분이 좋고 다행스런 마음이 드는지 온 세상을 다 얻은 기분이 이런 건가 싶었다.

안과 전공의 시험은 고려대학교 병원에서 있었다. 안암동 고려대병원 옆 지정받은 의대 강의실을 어렵사리 찾아가 앉아 있었다. 이젠 기억이 어렴풋해졌다. 그 교실에 열댓 명 가량이 있었는지 열 명 쯤 있었는지 가물가물하다. 내과 외과 산부인과 소아과 정신과 문제들을 풀었다. 역시 내과 문제들이 까다로웠다. 100문제 가량을 풀었다. 정말 혼신의 힘을 쥐어 짜내 답을 찾아 OMR카드에 옮겨 적었다. 두 시간 정도 시험을 보았는데 한 십여 분 정도 여유가 남았던 것 같다. 답지를 내고 나가면 되겠다 생각하며 풀었던 문제를 쓰윽 둘러보는데 왠지 한 문제를 잘못 푼 것 같았다. 이미 OMR카드에 옮긴 상태라 다시 새로 옮기는 건 부담스러운 시간대였다. 게다가 답을 바꾸는 게 맞는지 확신도 서지 않았다. 잠시 눈을 감고 어떻게 하는 게 좋을지 생각했다. 아니 기도했다. 하늘나라에 계신 어머니가 떠올랐다. 내게 힘을 내라고 하시는 것 같은 느낌을 받았다.

난 새로 카드를 달라 했다. 시험감독이 약간 주저하다가 주었다. 그걸 받아 그 문제의 답을 고치고 모든 답을 다시 옮겨 제출했다. 가슴이 쿵쾅거리고 얼굴과 목덜미가 후끈거렸다. 마감시간을 아슬아슬하게 지켰다. 시험이 끝나고 나오는 데 하늘이 드높았고 청명했다. 높고 푸른 늦가을 하늘 속 구름 한 조각 안에 어머니 얼굴이 보이는 것 같았다. 난 언제나 하늘에서 어머니가 나를 사랑스럽고 안타까워 하는 눈빛으로 늘 바라보고 계실 것이라 믿고 살아왔다. 특히 내가 힘들거나 어려운 일을 겪을 때는 더더욱 그랬다. 정말 간절했다. 전공의 시험에 떨어지고 나면 군대에 가야했고 그건 3년 동안의 목표 없는 방황과 정처 없이 표류하는 시간을 겪게 되는 거라 생각했다 서울이라는 객지에서 힘들게 인턴생활을 한 궁극적인 보람은 결국 전공의가 되고 수련을 밟아 전문의가 되는 것이었기 때문이다

내 경쟁자와 나의 시험 성적과 인턴 근무 성적이 동점으로 나왔다는 사실을 나중에 알게 되었다. 그 문제를 고쳐서 동점이 된 건지는 아직까지도 모른다. 당락은 면접에서 갈렸다. 면접장에 들어가니 병원의 윗분들과 안과 과장님이 앉아 계셨다. 재판정에 피고인이 되어 들어가는 기분이 그런 걸까. 몇 가지 부담 없는 질문을 하더니 영어 지문이 있는 종이 한 장을 주며 읽고 그 자리에서 해석을 해보라 했다. 손과 눈이 떨렸다. 알츠하이머 환자에 대한 꽤 문학적인 서사가 있는 기록이었다. 알츠하이머 환자는 머릿속의 기억들을 안개가 자욱이 깔려있는 숲속의 길처럼 느낀다고 했던 내용이 얼핏 기억난다. 그 친구가 나보다 해석을 조금은 못했나보다. 면접 전 동점인 경우 해당 과 과장님의 선택이 가장 중요하다. 과장님은 나를 택해주셨다. 감사하게도.

면접이 끝난 며칠 후 합격 소식을 들었다 너무나도 기뻐서

어쩔 줄을 몰랐다. 내가 안과의사가 드디어 되는구나. 얼마 전 의대를 졸업한 초년생 햇병아리 의사인 나, 병원의 여러 과에서 심부름 수준의 일을 하던 내가 이제 어엿한 한 과의 의사가 되어 병원을 누비고 다니게 되었다는 사실이 꿈만 같았다. 사람의 눈과 빛에 대해 공부하고 눈의 건강과 밝은 빛을 되돌려 주기 위해 나의 일생을 바칠 수 있고 또 바쳐야 한다는 생각을 할수록 가슴이 자부심과 사명감으로 벅차올랐다. 그 흥분과 전율은 며칠이 지나도 쉽게 가라앉지 않았다.

그리고 그 기쁨은 옳았다. 안과의사는 나의 운명이었다. 내가 한 인생의 선택 중 가장 잘 한 몇 가지 중 하나였다. 안과는 나와 모든 게 잘 맞았고 배움은 즐거웠다. 때론 힘든 배움의 과정도 달게 받아들였다. 난 당시 눈의 아름다움과 경이로움에 푹 빠져들었다. 지금도 사람의 눈을 볼 때마다 눈의 매력과 신비로움에 매 순간 감탄한다. 마음속으로 탄성을 내뱉는다. 그토록 수많은 사람들의 눈을 보아왔고 또 보고 있지만 항상 새롭다. 각각의 눈은 그마다의 개성과 각자마다의 미묘하고 독특한 구조를 지니는데 신기하리만큼 완벽한 조화를 이룬다. 신의 예술성이 가장 극명하게 드러난 인체의 한 곳을 말하라고 하면 주저 없이 눈이라 말할 것이다.

생체 현미경으로 그들의 눈을 크게 확대해서 바라본다. 때론 정교한 광학기계를 보는 것 같기도 하고 때론 별이나 하늘, 광

활한 우주를 바라보고 있는 것 같기도 하다. 어떤 날은 밤하늘을, 또 어떤 날은 새벽 미명의 하늘, 어떤 때는 노을 지는 붉은 하늘을 보는 것 같다.

백내장수술은 내가 밥을 먹듯이 하는 일이다. 백내장수술은 이미 내 존재의 일부가 되어있다. '나'라는 존재와 백내장수술을 떼어놓고 생각할 수 없다. 혼탁해진 수정체를 씻어내고 인공수정체를 넣어 신선하고 밝은 빛을 그 눈 속에 비치게 하는 이 고귀하고 거룩한 일을 미천하고 보잘 것 없는 나같은 사람이 할 수 있도록 허락해주신 이는 하나님이시다. 수술이 잘 되면 그의 망막은 오렌지색의 밝은 광선을 내 망막에 되돌려준다. 그 은은하고도 밝은 빛줄기는 생명체처럼 살아 꿈틀거리며 공간을 향해 뻗어간다. 그 빛의 파동과 결은 언제나 내게 감동과 영감을 준다.

안과 전공의로서의 길을 걸을 수 있도록 허락받은 기쁨에 취해 있었기에 당시 응급실 근무를 하면서도 하나도 힘들어 하지 않고 싱글벙글하며 근무할 수 있었다. 필기시험과 면접을 어렵사리 통과하여 안과 전공의 선발시험에 합격하여 안과의사로서 첫걸음을 내딛던 그 때의 그 젊고 패기 넘치던 시절은 내 청춘의 절정이었는지도 모른다.

생각해 볼수록 그건 정말 내 생애 최고의 순간이었다. 그리고 내가 안과의사로 일하며 존재하는 한 이 최고의 순간들은 계속되고 있다.

정찬경 oculajck@hanmail.net
2013년 월간〈한국수필〉등단

일출, 그 반대편

최명심

　버스가 어둠을 가르며 달리니 목적지 도착이다. 버스운행은 이곳까지라 한다. 안내자는 강추위에 옷을 잘 여미라는 주의를 반복하며 각자에게 손전등 하나씩을 나누어 주었다.
　앞장선 안내자는 어둠 속에서 발조심, 발조심을 채근한다. 가파른 언덕길을 오르니 부스스 등불을 켜고 듬성듬성 사람 모습이 눈에 들어온다. 근처 가게들이 여행객을 상대로 문을 여는 시간인가보다. 문은 거적 같은 얇은 천막이다. 그 사이로 들여다보이는 곳에 커다란 물통에서 김이 모락모락 피어나는 것이 차를 파는 곳 같았다.

　그곳을 지나 한 시간가량 더 걸으니 어둠 속에서 사람들의 눈동자만 보였다. 다시 가파른 언덕을 오르자 일행들의 숨소리가 거칠다. 길을 잃을까 두려워 남편의 손을 꼭 잡고 조심조심 발을 내디디며 일행을 따라갔다. 이곳은 낮과 밤의 일교차가 심하고 특히 새벽녘 추위는 동, 서양인 누구나 다 두려워한단다. 산 중간지점을 오르니 안내자는 찻집으로 들어서며 일행에게 따뜻한 차로 대접하며 선심을 쓴다. 차 맛이 너무 달지만, 이곳 추위를 이기려면 무조건 다 마시라며 밖에 나가면 지금보다도 몸이 더 추워지니 이 차 한 잔이 곧 약이 될 수 있단다. 이곳 네팔사람들이 즐겨 마시는 '짜이' 차. 그 맛은 홍차에 설탕을 많이 탄 것 같은 달짝지근한 맛이다. 차 한잔에 온몸이 한결 훈훈해졌다.

　세계 모든 여행객이 다 모인다는 네팔 카트만두. 나도 그 대열에 끼여 일박을 했고, 폐와 호수로 유명한 네팔 휴양도시 포카라로 향했다. 이곳은 히말라야 전망대로 유명한 사랑코트의 한 언덕이다. 기가 제일 쎄다는 이곳은 전 세계 관광객들이 선호하는 일출 감상지다. 나도 그곳 어둠 속에 일행들과 함께 서 있다. 일출을 바라볼 좋은 자리를 찾아 안전한 곳에서 자리를 정하고 심호흡부터 했다. 시커먼 하늘 끝자락에서 어렴풋이 빛이 들어온다. 그곳이 바로 산악인들이 정복하고파 하는 안나푸르나봉이란 설명이다.

　산악인 엄홍길 대장이 정복했다던 안나푸르나봉을 이렇게

가까이서 바라볼 수 있다니 감격스럽다. 이제 잠시 후면 안나푸르나봉에 비추는 일출을 여러분은 만나보게 될 거라는 안내자 설명에 가슴이 두근거린다. 오늘 날씨가 좋아 멋진 일출을 기대해도 된다는 그도 목소리가 한껏 들떠있다. 우리 팀이 제일 먼저 도착하여 자리를 정비하니 곧이어 다른 팀까지 합세 많은 사람이 몰려든다.

 부지런히 서두른 탓에 좋은 전망대에 앉았지만 해 뜨는 시간까지는 기다림이 필요했다. 새벽 추위에 대비했는데도 온몸이 떨려온다. 곁에서 나를 보고 옆 사람이 작은 오리털 이불을 가지고 와서는 같이 덮자 한다. 관광하는 동안 나이도 같고 서로 말이 통하여 인사를 주고받던 사이였다. 그녀의 남편은 공무원 퇴직을 일 년 앞두고 과로로 쓰러져 몇 년째 식물인간으로 지내다 기적같이 살아나 병상에 있다 했다. 젊은 날, 여행도 많이 하던 며느리가 남편 병수발에 지쳐있는 것이 안쓰러워 시부모님이 보내주신 특별휴가라 했다. 약국을 운영하느라 시간에 쫓겨 살던 그녀의 친구도 뇌종양 수술을 마치고 안나푸르나봉의 일출을 보고 싶어 함께 왔단다. 남편의 건강과 친구의 건강을 함께 빌고 싶다는 그녀다. 낯선 곳 추위를 피해 덮은 오리털 이불 속에서 소곤소곤 나눈 이야기는 잠깐이었지만 내 마음을 열리게 한다. 그녀도 나도 자녀가 둘이다. 첫딸을 낳고 다시 아들은 둔 그녀와 나는 딸은 시집보내고 혼기 지난 아들만 남았다. 아들들이 좋은 짝 만나게 해달라 둘이 함께 손을 맞잡고 기도도 했다. 자녀 이야기에 빠져 있는 동안 갑자기 소란스러운 소리가 밖에서 들렸다.

"야! 보인다 보여"

붉은 아침 태양은 커다란 심호흡부터 하는가 보다. 뿌옇던 하늘은 어느새 밝은 분홍색으로 물들어 퍼진다. 그러다가도 검은 구름이 심술사납게 그 앞을 스치며 빛을 가렸다.

"아-! 안돼!"

여기저기서 안타까운 앓는 소리를 내던 일행들이 모두 약속이나 한 듯 민망해 깔깔 웃었다. 몇 번 계속되는 먹구름 장난에 누구랄 것도 없이 이번엔 침묵으로 기다림을 맞았다.

사람들의 간절함을 읽었는가 점점 불그스레한 태양이 얼굴을 뚜렷하게 내보였다. 그 순간 누군가 반대편을 가르치며 소리쳤다.

"저것 좀 봐"

반대편 산봉우리에 햇빛의 반사로 사진 속에서만 보았던 안나푸르나봉 만년설 눈앞에 들어왔다. 말로는 어떻게 표현할 수 없는 벅찬 감정에 온몸에 떨려왔다.

태어나 누구나 가 볼 수 있는 곳이 아니기에 남편에게 슬며시 다가갔다.

"고마워요, 이런 순간을 함께 맞이할 수 있게 해 줘서"

그의 손을 잡는데 기쁨의 눈물이 찔끔 난다. 희끗희끗 눈발이 날리더니 다시 창밖으로 햇빛이 쏟아져 들어 왔다. 손을 뻗으면 잡힐 듯 가까이에 있는 안나푸르나봉이다.

십여 년이 지난 지금도 눈이 오는 날이면 남편과 그날의 일출을 추억한다. 여행 후 네팔에서 만났던 일행과는 지금도 가끔 안부를 묻고 산다. 아침 햇살에 비추던 안나푸르나봉 설산 풍경은 내 인생에 최고의 순간이었다.

최명심
2013 〈코스모스〉 등단

벽 속의 요정이 되는 순간

강향숙

그녀는 과연 1인 32역을 어떻게 소화해낼까. 나는 궁거움에 무대를 향해 고개를 길게 뺐다. '벽속의 요정'이라는 뮤지컬 모노드라마라를 보러 온 것은 순전히 그녀 때문이다. 배우의 숨소리까지 느껴보고 싶어 맨 앞자리를 택했다. 조명 아래 드러난 뽀얀 살결이 눈부시다.

"여러분, 오늘 저와 함께 벽 속으로 들어가보실까요."

말을 마친 그녀는 어느 순간 다섯 살짜리 연극 속 주인공으로 변신한다. 세상 밖으로 나오지 못하고 사십 여년을 숨어 지내던 아버지는 딸에게 벽속에 살고 있는 요정이 되었다. 아이는 매일 일어난 일들을 벽에 대고 속삭거린다. 배우는 오십 년이 넘는 세월을 연기 하는데 출연하는 다양한 주변 인물들까지 다른 목소리로 담아낸다. 시공간을 넘나드는 신들린 연기는 처음 단상에 섰던 열 살 때로 나를 데려갔다.

가을 운동회 때였다. 담임선생님은 내게 운동장 단상에서 독무를 추게 했다. 숫고사 댕기는 너풀너풀 봄치마 자락을 감고 돈다…가락에 맞춰 한복 끝에 달린 하얀 천을 흩뿌리며 무대를 휘돌았다. 만국기가 펄럭이는 운동장에 열 개 부락에서 모여든 사람들의 시선이 내게 쏠렸다. 나는 오신다던 외할머니가 어디쯤 계시나 둘러보며 그 시선을 즐겼다.

읍내 콩쿨대회에 나갔을 때는 달랐다. 큰 무대는 처음이라 주눅이 들었다. 강당에는 면단위에서 모여든 사람들로 가득 찼다. 심사위원들은 무대 앞에 바짝 다가앉아 출전자들을 주시했다. 순번을 기다리는데 자꾸 오줌이 마려웠다. 심사위원 눈을 피해 허공에 대고 부른 초록빛 바다는 목구멍 안에 잠겨 꾸정하게 변해버렸다. 연습 때와 달리 제대로 실력발휘를 못한 것이 못내 아쉬웠다. 풀이 죽어 오리 길을 터벅터벅 걸어오는데 비만 오면 웃통을 벗고 다니던 아저씨가 나타나 나를 보고 희죽거렸다.

서울로 전학을 오고 보니 반 아이들은 모두 똑똑하고 예뻤다. 아무도 나를 알아봐주지 않았다. 무대에 오르지 못하는 대신 학생 연극 동아리 공연을 보러 다녔다. 의자 깊숙이 몸을 파묻고 그들이 하는 대사를 입속으로 웅얼거렸다. 배역이 주어지면 당장이라도 대사를 읊어 댈 수 있을 것 같았다. 시도 한 번 하지 못하고 가지 못한 길에 대한 미련은 덧없이 밀려났다.

여배우는 십 수 년째 같은 공연으로 무대에 오르고 있다. 배역이 달라질 때마다 마치 탈을 바꿔 쓰듯 희노애락의 감정을 담아낸다. 배우의 대사 한마디 한마디를 되뇌이며 호흡을 같이 했다. 표현되지 않은 감정은 절대로 죽지 않는다더니 풀어내지 못한 꿈이 되살아나는 것 같았다. 저 무대는 내 것인데 왜 그녀가 서 있을까. 뒷덜미를 잡고 있던 열망이 요동쳤다.

뜻밖에 나에게도 무대에 설 기회가 찾아왔다. 여러 명이 각자 주인공이 되는 연극은 벽속의 요정처럼 모노드라마 형식이었다. 공연 날 객석은 관객들로 꽉 들어찼다. 일제히 내게 쏠린 시선과 마주하자 등줄기에 전율이 흘렀다. 나는 암 선고 이후 죽다 살아난 이야기를 풀어냈다. 숨소리조차 들리지 않던 객석 여기저기에서 훌쩍이는 소리가 들려왔다. 괜찮다 괜찮다 생각해 왔는데 괜찮은게 아니었던가. 나도 목이매어 대사를 제대로 이어갈 수 없었다.

감정을 추스를 새 없이 다음 순서가 이어졌다. 내 인생의 전환기처럼 빠른 음악과 현란한 조명이 쏟아졌다. 아모르파티, 아모르파티…네 운명을 사랑하라는 아모르파티 노래가사가 내게 주문을 걸어왔다. 유년의 가을 운동회 때처럼 무대를 휘저었다. 나를 짓누르던 불안의 멍에를 날려 보내듯 두르고 있던 숄을 벗어 던졌다. 괜찮다 괜찮다며 환한 웃음만을 고집했던 탈마저도 벗어 던졌다. 질퍼덕한 내 몸짓에 환호와 박수가 쏟아졌다. 그 순간 나는 현실이라는 벽을 뚫고 나오는 요정이 되었다.

*벽속의 요정; 일본 극작가의 동명 희곡을 각색해 공연.

강향숙 kdongbek@hanmail.net
2013년 〈수필과 비평〉등단

뜻밖의 수상

전효택

　모교에 재직 중이던 2011년 7월경 학과장의 연락을 받았다. 모교의 학술연구상 수상 후보자 서류를 준비해 달라는 전갈이었다. 나는 학과장에게, 학내의 교수진이 총 2,100여 명 이상이다, 내가 소속한 공대 교수만도 300명이 넘고 워낙 저명한 분들이 많아 서류를 제출해도 들러리 서는 일이라며 후보를 사양하였다. 학과장은 우리 학과에서는 적임자이니 서류 제출을 하여야 한다고 막무가내로 독려하였다.
　그해 10월 하순 평소와 같이 아침 일찍 연구실로 출근하였는데 대학본부 연구처장의 축하 전화와 곧이어 공대 학장의 축하 전화를 받았다. 오는 11월 3일 학술연구상 수상자 6인 중의 한 명으로 선정되었다는 것과 수상 대표자로서 인사말을 준비하라는 전갈이었다. 수상자 6인은 인문대, 사회대, 자연대, 공대, 농생대, 의대의 교수 일인이라며, 상패와 상금을 수령하고 수상 이후 학내에서 특별강연을 하여야 한다고 하였다.

학술연구상은 탁월한 연구업적으로 학문 발전에 기여하고 대학의 명예를 높인 우수 교수를 선정 포상함으로써 학술연구를 촉진하고 대학 내 우수연구의 확대와 발전적 기회를 마련함에 그 목적이 있다. 후보자 제출 서류도 만만치 않아 서류 준비부터 쉽지 않은 일이었으나 제출하고 나서는 수 개월간 잊고 지냈다. 수상 연락을 받고 나서의 첫 느낌은 명예롭다는 생각과 지난 30여 년간 교수 생활의 보람이었다. 수상식 당일 교수님들과 대학원생, 교내직원과 가족의 축하를 받던 순간이 떠올랐다.

수상자 6명을 대표한 당시 인사말*을 소개한다.

"먼저 오늘 이 시상식에 참석해 주신 모든 분께 감사를 드립니다. 오늘 받는 이 상이 제가 그동안 받아온 어떤 상보다도 영광스럽고 명예스러운 상이라서 기쁩니다. 학문적 능력이 출중하신 교수님들이 많음에도 제가 교수님들의 추천과 심사를 거쳐 받는 상이기 때문입니다.

저는 지난 30여 년의 교수 생활을 통해 아침형 인간이 되려고 노력하였고, 연구실에는 대학원생들과 함께 오전 8시 이전에는 출근하여 하루 생활을 시작함을 기본으로 하여 왔습니다. 실험실에서는

첫째 What is new today? (오늘 새로운 것은 무엇?)
둘째 What should I do next? (다음은 무엇을 하지?)
셋째 What can I do for you? (남을 위해 무엇을 할 수 있나?)

라는 질문과 반응으로 학생들의 교육과 연구 훈련을 시키며 저 스스로 모범을 보이려 노력해 왔습니다. 제가 교수 생활을 하는 동안 '전 박사, 서울대 교수는 일 당 백의 능력을 발휘하여야 하네'라고 말씀해 주시던 선배 교수님, '조교수 시절에는 연구실과 실험실을 지키게' 하시던 은사 교수님, 학회장 업무로 학내 보직을 사양하자 '학교 일이 먼저입니다'라고 충고해 주시던 전임 공대 학장님– 돌이켜 보면 제게는 이렇게 훌륭한 멘토 교수님들이 계셨기에 이 자리에 오지 않았나 생각하며 감사드리고 있습니다.

교수는 학문적인 능력을 소속 학회에서, 게재된 국내외 학술지 논문에서 그리고 동료 교수로부터 평가를 받아야 마땅하다고 생각합니다. 학과 학부의 시니어(senior) 교수님의 멘토 역할이 매우 필요하고 중요하다고 생각합니다. 시니어 교수님들이 먼저 모범을 보이고 솔선수범하여야 존경을 받으며 멘토

역할이 잘 진행되리라 봅니다.

　오늘 시상식 자리를 마련해 주신 총장님과 연구처장님, 그리고 우리를 추천하여 주시고 심사에 수고하여 주신 모든 동료 교수님들께 심심한 감사를 드립니다. 이 영예로운 자리에서 수상의 영광을 안으며 인사 말씀을 드리게 되어 더욱 기쁩니다.

　감사합니다."

　그동안 여러 학술 관련 수상을 하였으나 모교의 학술연구상 수상만큼 기쁜 순간은 없었다. 평소의 내 소신은 "최선을 다하고 기다리자"이다. 학문적인 명예를 중요시하였고 무리하고 과욕을 부리지 않으려 하였으며 공명심을 조심하며 유의하였다. 상을 받기 위해 교수 생활을 열심히 한 것은 아니었으나 그동안의 연구업적을 평가받아 수상하고 부상으로 상금을 받는 일은 보람 있고 명예로우며 기쁜 일이었다. 나는 부상의 절반을 대학발전기금으로 기부하였다.

　그간 살아오면서 많은 기쁜 순간이 있었지만, 모교의 학술연구상 수상이 내겐 최고의 순간이었다.

　* 수상자 대표 인사말은 〈서울대 사람들〉 소식지 2011년 가을호(통권 27호) 표지 뒷면에 얼굴 사진과 함께 전재 되었음.

전효택 chon@snu.ac.kr
2014년 〈현대수필〉 등단

편지와 장미 한 송이

조경숙

　십일월 중순이다. 공연히 제과점이나 떡방을 기웃거린다. 수학능력시험 날은 다가오는데 쌀떡이나 엿을 선물하고 싶어도 주변에 받을 사람이 보이지 않는다.
　나름대로 숙희 선배를 따랐고 가깝다고 여겼는데 예닐곱 개의 꾸러미 중에 아무리 찾아도 보이지 않았다. 나 혼자 사랑했었나 서운해서 잠이 오지 않았다. 하나밖에 없는 딸의 수능 날이 바로 내일인데, 일생일대의 중한 일을 앞두고 어미는 생뚱맞게 딴 곳에 신경을 쓰고 있었다.
　수능생에게 선물을 주는 일에 발 벗고 나선 남다른 이유가 있다. 딸이 수능시험을 보는 당일 아침, 대학 5년 선배인 숙희 언니가 내 교실에 와서 건네준 손편지와 장미꽃 한 송이 때문이었다. 그 속엔 가족끼리 오붓하게 식사나 하라며 두둑하게 넣어준 금일봉도 있었다. 앞날이 창창할 거라며 등까지 토닥거리며.

〈예쁜 딸의 좋은 결과 빌면서〉
조촐한 식사나 하세요. 적지만 조 선생님 좋아하는 마음은 크다오. 내 지금의 생활이 마음의 여유가 너무 없어
좋은 친구 노릇 못함을 늘 미안하게 생각한다오. 이해해 주었으면.
가장 여리고 가장 곱고 가장 여성스런 친구인 조선생께
    1997.11.19 성숙희

딸을 급히 수험장에 들여보내고 딴 날보다 느지막이 출근하였다. 숙희 선배가 교실에서 내 학급 아이들을 보살피고 있었다. 진한 감동이 밀려왔다. 그때는 수험생을 둔 교사에게는 출퇴근 시각을 융통성 있게 봐 준 온정의 시대였다.

좀 일찍 퇴근하여 S고등학교 고사장 정문 앞에 갔다. 학부모들이 벌써 진을 치고 있었다. 날은 으스스하고 어둠이 내려앉기 시작했다. 나는 주변을 밝히며 당당하게 장미꽃 한 송이를 들고 헤집고 들어갔다. 엄마들이 의아하게 쳐다보며 물었다. 기다리는 시간이 길어질수록 맘껏 자랑했다. 마치 전국 수석이라도 된 듯 으스댔다. 다들 부러워했다. 딸은 그 덕에 자기 실력 이상으로 시험을 치렀던 것 같다.

"맛있는 것 사 줄게." 하였더니 딸은 꽃과 돈을 받아들고는

친구들하고의 약속이 있다면서 저만치 달아났다. 남편과 둘의 식사로 서운함을 달랬지만, 마음은 하늘을 날고 있었다.

　한동안 나는 교직원들의 주소록에서 가족 사항을 슬쩍 보았다. 지금까지 한 번도 꺼내지 않았던 특급 비밀인데 지금 같으면 큰일 날 일이었다. 그해 수능시험을 보는 자녀들을 알음알음으로 대충 알고는 있었지만, 혹시 누락이 될까 노심초사했다. 교직원 수가 많은 학교에서는 재수생 삼수생까지 포함하여 한해 열 명이나 되는 때도 있었다. 입시생 자녀들의 이름을 일일이 알아내어 그 학생에게 어울리는 카드에 덕담을 적은 글과 함께 찹쌀떡을 돌렸다. 돌아보면 그 일을 오랫동안 참 많이 했었다. 신경 쓰이는 일이었지만 뿌듯했다.
　승진하면서 그 일은 그만두었다. 괜한 논란을 불러일으키고 싶지 않았다.
　숙희 선배같이 단 한 번이라도 진정을 담고 싶었지만, 심성이 그곳까지 다다르지 못해 지금껏 이루지 못했다. 오랫동안 해 온 일은 힘만 들었지 상대방에게 깊은 감동을 주지 못했다. 수험생을 둔 사실 자체를 감추고 싶어 하는 분도 있었다. 눈치 없는 나는 한참 지난 후에야 알았다. 어쨌거나 이젠 다 중년이 되어 자기 자리를 잘 지키고 있을 것이다.

삶에서 최고의 순간에 대한 등급을 매길 수 있을까. 그에 대한 글을 마무리 짓기 위해 오랫동안 깊이 넣어 두었던 이십여 년 전의 편지를 스캔하여 선배에게 보내드렸다. 득달같이 전화가 왔다. 어떻게 지금껏 간직했느냐고, 목소리가 떨리는 듯했다.

"살다가 잊어도 될 소소한 베품이 이렇게 크게 다가오다니, 나는 까맣게 잊고 있었는데…." "자네, 보고 싶었다네." "내 인생 최고의 날은 선배의 편지와 장미꽃 한 송이와 그리고…."

늦가을 무서리는 속없이 내리는데, 그 많던 수능일을 왜 허술히 보냈을까. 선한 영향력을 아무나 펼칠 수 있는 건 아닌가 보다.

조경숙 rudtnr4949@naver.com
2014년 〈한국수필〉 등단

파리에서 보낸 일주일

전경미

　어스름이 내려앉는 시각 샤를드골 공항에 도착했다. 큰딸과 함께 버스를 타고 숙소로 이동하며 창밖으로 도시 외곽의 풍경을 바라보았다. 그토록 가고 싶었던 파리에 도착했다는 것이 실감나지 않았다. 지난 1월에 우연히 '버킷리스트'라는 영화를 보고나서 나의 버킷리스트를 구체적으로 작성해 보았었다. 그중에 모네의 정원이 있는 지베르니 가기와 모네의 수련 그림이 전시된 오랑주리 미술관 가기, 스위스 여행하기 등이 있었다. 리스트를 작성한지 2주쯤 지났을 때, 결혼한 큰딸이 아이 생기기전에 자유여행으로 우리 부부에게 유럽여행을 가자고 제안했다. 버킷리스트 서너 개를 이렇게도 빨리 실현시킬 수 있다는 사실에 무척 기뻤는데 남편은 회사일 때문에 휴가를 오래 쓸 수 없어서 못 오고 말았다. 대만에서 공부하고 있던 막내딸과 파리에서 합류하여 셋이서 여행을 하게 되었다.

  파리 중심 시내에 도착했을 때 벚꽃이 피어있어 한국보다는 날씨가 더 따뜻한 느낌이었다. 어둠이 내리고 불빛이 켜졌는데도 조명이 밝지 않아 파리라고 믿을 수 없을 만큼 전체적으로 어두웠다. 고풍스런 건물들이 즐비하고 지나다니는 사람은 별로 없어 한적한 저녁 풍경, 거리의 첫인상은 오래도록 기억에 남았다.

  일주일 동안 현지인이 사는 숙소를 빌려서 묵게 되었다. 대부분 건물들은 멋진 외관과는 달리 오래된 건물이라 내부 구조가 낡고 좁은 편이었다. 그렇지만 그들의 생활 모습을 가까이에서 접해 볼 수 있어 좋았고 주방에서 간단한 음식을 해 먹을 수 있어 편리했다. 아침이면 근처 빵집에 가서 갓 구운 바게트와 크로와상을 사서 숙소로 돌아올 때는 파리지앵처럼 사는 게 이런 모습일까 영화 속 한 장면에 들어온 듯 했다. 밥할 걱정 없이 침대에 느긋하게 누워 있으면 딸들이 향긋한 커피를 내리고 빵과 과일을 곁들여 식탁을 차려 주었다. 어떤 날은 파스타를 만들어 주기도 하고 주로 간단한 식사였지만 딸들이 차려주는 아침을 먹는다는 것이 마냥 행복했다. 스위스나 독일의 호텔에서 조식을 먹었을 때보다 파리에서의 아침이 더욱 좋았다.

　방브 벼룩시장을 필두로 거대하고 아름다운 에펠탑, 웅장한 규모의 개선문, 낭만적인 몽마르트 언덕, 뤽상부르 공원, 노트르담 성당 등 도시 곳곳을 둘러보았다. 루브르 박물관, 오르세 미술관, 모네 수련 연작이 있는 오랑주리 미술관의 훌륭한 예술 작품들도 실컷 감상했다. 특히 내가 좋아하는 고흐, 고갱, 모네, 르느아르, 밀레의 그림을 실물로 보니 생생한 질감이 느껴져 신비롭다고 할까.

　걷고 돌아다니는 시간이 많아서 딸들에 비해 체력이 부족할까봐 걱정을 했던 것은 기우였다. 평소 필라테스를 열심히 했던 것이 효과가 있었다. 강행군에도 전혀 지치지 않았기에 체력은 내가 제일 좋다고 딸들이 인정해 주었다.

　사르트르, 카뮈가 주로 다녔다는 카페 '드 플로르'의 분위기에 젖어 커피를 마시며 잠깐이나마 글도 써 보았다. 영화 '비포 선셋'에 나왔던 서점 '셰익스피어 앤 컴퍼니'는 오래된 고서점으로 구조가 특이했다. 좁은 계단을 올라갔더니 작은 방에 여러 사람이 모여 책에 대한 토론을 하는 모습도 볼 수 있었다. 파리에 다시 오고 싶은 매력은 이러한 것들이 아닐까 싶었다. 문화예술이 생활 속에 중심이 되고 자연스럽게 녹아있는 도시라는 점 말이다.

기차를 타고 베르사유 시에 있는 바로크 건축의 걸작이라는 베르사유 궁전을 둘러보았다. 화려한 궁전 내부에도 볼거리가 많았지만 봄꽃들이 만발한 넓은 정원이 매력적이었고 마리 앙투아네트가 농가 체험을 하기 위해 만들어 놓은 소박한 집과 물레방아와 텃밭이 인상적이었다.

지베르니에 가서 둘러 본 모네의 연못과 정원은 나 역시도 그림을 그리며 인생의 말년을 보내고 싶을 만큼 한적하고 아름다운 풍경이었다. 마을 산책을 하다가 우연히 모네의 무덤에도 들러 들꽃을 꺾어 무덤가에 놓았다. 한 화가의 그림이 이 먼 곳까지 내 발길을 이끌었다는 생각이 들었다. 파리에 돌아와 마지막 밤은 야경을 감상하기 위해 이른 저녁을 먹고 유람선을 탔다. 센 강가에는 연인과 친구끼리 모여 술을 마시거나 이야기하고 간혹 춤을 추는 모습도 보였다. 간들바람이 불었고 에펠탑 쪽으로 배가 서서히 나아가고 있었다. 배의 가장자리 난간에 서서 우리 셋은 카운트다운을 외쳤다. 9시 정각이 되자 에펠탑 전체가 반짝반짝 빛나서 모두들 탄성을 질렀다. 빛나는 에펠탑처럼 내 인생에 화려한 불빛이 켜진 최고의 순간이었다.

다음 날, 우리는 스위스로 향했고 독일에서 마지막 여정을 보내며 2주간의 여행을 마쳤다. 가는 곳곳마다 좋았지만 다시 한 번 가고 싶은 곳은 역시 파리다. 한동안 해외여행을 하지 못해 갑갑하게 지내고 있다. 이제는 파리에서의 한 달 살기를 버킷 리스트에 추가해 본다.

전경미 koyesul@hanmail.net
2014년 월간〈한국 수필〉등단

보내고 싶은 초대장

최효정

　임종할 때가 생애 최고의 순간이 되면 얼마나 좋을까 상상을 해 본다. 너울 없이 잔잔하기만 했던 삶에서 마지막 순간을 이벤트로 마감한다면 황홀 속에 빠져 아무 갈등 없이 떠날 수 있을 것 같다.
　'우리 생애 목표는 죽음이다. 죽음만이 우리가 향해 가는 필연적인 대상이다.' 라는 구절을 몽테뉴의 책에서 읽었다. 죽음은 무엇일까. 생애 목표인지는 모르겠지만 필연적인 대상임에는 틀림없는 것 같고. 남은 사람의 기억 속에 살아있으니, 삶의 연장선이라는 말이 맞지 싶다.
　친구에게서 친정어머니가 돌아가셨다는 문자가 왔다. 친구는 한 번도 어머니를 떠나서 살지 못했다. 태어나서부터 지금까지. 나는 그녀의 슬픔의 무게와 어깨에 얹혀 있던 부담감의 무게, 둘 다 느낄 수 있었다. 엄마와 딸은 애증의 관계라는 걸 대부분은 느끼고 인지한다고 생각한다. 친정엄마는 멀리서 보면 눈물이 나고 만나면 화가 난다는 말도 있듯이. 친구의 어머니는 구순이 넘은 나이였고 치매는 없었지만 노환으로 2년 정도 자식에게 의탁하다 이별을 한 모양이었다.

요즘 내 나이 또래들의 화제는 늙음과 병듦과 죽음이다. 부모의 병 수발하는 친구도 있고, 부모와 작별한 사람도 있고 헤어짐을 준비하는 이도 있다. 늘 이별은 슬픈데, 치매라든지 거동이 불편한 부모들에 대한 불안과 걱정, 감내해야하는 간병의 고단함으로 헤어짐의 절절함을 사라지게 만드는 것 같았다.

살아오면서 내 생애 최고의 순간을 뒤져 보았다. 뾰족하게 떠오르지를 않는다. 어려운 취업 시험에 합격했을 때 기뻐서 환호를 질렀던 생각이 나긴 했지만, 환경이 여의치 못해 직장 생활을 접어야 했다. 지금 생각하면 내 인생의 기회 하나를 날려버린 것 같은 안타까움으로 최고의 순간은 아니었던 것 같다.

밋밋한 삶을 살아 온 모양이다. 바꾸어 생각하면 평탄하고 평범한 일상이었고 그것도 큰 행운이라는 생각이 들었지만. 한 번만이라도 짜릿한 순간이 있었으면 더 좋지 않았을까 아쉬움이 남는다.

언제부터인가 나의 죽음도 이따금 생각하게 되었다. 나는 어떤 모습으로 늙어가고 질병 없이 마지막을 맞을 수 있을까. 최대한 존엄성을 지키며 죽고 싶은데. 잘 모르니 무섭다. 죽음이 무서운 게 아니라 죽음에 이르는 과정이 무서운 것이다.

생전에 장례식을 치른 할아버지 일화가 신문에 소개 되었다. 전립선암으로 시한부 판정을 받고 부고장 대신 초대장으로 사랑하는 사람을 한 자리에 불러 모았다고 했다. 상복대신 화려한 복장으로 파티를 하면서 하고 싶은 말 -사랑한다, 미안하다, 용서해라-를 하면서 자신의 삶을 정리했다고. 읽으면서 깔끔한 마무리라 느껴졌고 언제가 될지 모르지만 나도 시도해 보고 싶다는 생각을 했다. 잘 사는 것만큼 잘 죽고 싶은 게 모두의 바람일 것이다.

생사를 관장하는 신이 있어 허락한다면 내 죽음은 타인에게 피해주지 않고, 사랑하는 사람들에게 작별 인사를 나눌 수 있는 잠깐의 여유가 있었으면 좋겠다. 떠난 후 따뜻한 사람이었다고 그래서 조금은 아쉬워해 주는 그런 갈무리를 하고 싶다. 참 맑고 잘 살아 낸 인생이었다는 뒷말도 들었으면 좋겠는데.

가족과 가까이 지내는 지인들 몇몇에게 마무리 초대장을 보내고 싶다. 그동안 사랑해줘서 고맙고 혹여 잘못한 일이 있었다면 용서를 바라고 나도 많이 사랑했다고. 삶의 연장선 어느 지점에 내가 있으려니 여기고 눈물보다는 미소로 보내주었으면 한다고. 어울림의 마당이니 경쾌한 음악을 배경으로 담소를 나누고 잔을 부딪치라고.

　나의 희망사항대로 이루어진다면 생애 마지막이 최고의 순간이 되지 않을까한다.

　　최효정 chj3031@naver.com
　　2014년 월간 〈한국수필〉등단

식목일의 아이

김순자

가정을 이루면 대부분의 사람들은 아이를 기다린다. 입덧 증세가 있어 기대에 부풀어 산부인과 진찰을 받았다.

'아이를 많이 기다리셨군요? 그러면 가끔 이런 진단이 나옵니다. 상상임신입니다. 마음 느긋하게 가지고 생활하세요.'

병원 문을 나서는 발이 휘청거리고 눈에 들어오는 것이 없었다. 환한 대낮이 캄캄한 밤이었다. 집으로 올라가는 길이 그날은 유난히 좁아 보였다. 툇마루에 걸터앉아 먼 하늘만 처다 보는 날이 계속되었다. 그러던 중에 기르던 개가 강아지를 낳았다. 꼬물거리는 강아지를 보고 예전의 나로 차츰 돌아가고 있었다. 밭에 나가 채소 자라는 모습에 미소 짓고, 송아지 음메

소리에 기운을 얻었다. 목장의 바쁜 생활 중에도 문득문득 아이에 대한 허전함에 멍해질 때가 있었다. 시간이 지나면 좋은 일이 꼭 내게 오라는 희망으로 지냈다.

 2년 후 임신을 했다. 무엇이 그리 급했던가. 아이는 임신 3개월을 접어들면서 세상 밖 구경을 하려고 서둘렀다. 더운 여름인데 더위를 느낄 수 없었고 가슴엔 근심으로 가득 차 있었다. 내년 봄까지 7개월의 고비를 넘겨야 한다는 생각이 나를 완전히 세뇌시키고 있었다. 먹는 것조차 속에서 거부했다. 오로지 단팥빵 하나만 허락했다. 의료시설이 빈약한 시골 군소재지였지만 도립병원 여의사의 보살핌으로 버틸 수 있었다. 언제나 긍정적인 말을 해 주었다.

 '아기를 엄마 품에 꼭 안겨 줄게요. 약속해요.' 하며 안심 시켜 주었다.

 양지바른 곳에 눈이 녹고 젖소가 먹을 호밀은 검푸름에서 기지개를 펴고 파릇한 새 잎이 돋기 시작했다. 3월 진료를 받으러 간 날 '저는 공무원이라 다른 곳으로 발령이 났어요. 새로 오실 선생님도 여자예요. 부탁해 놓을 것이니 걱정 마시고 순산 하세요.' 나의 출산 예정일은 4월 10일이었다. 그런데 4월 4일 오후에 양수가 흐르기 시작했다. 집에 전화가 없어 택시를 부를 수가 없었다. 전화가 한 동네에 한 대도 있는 때였다. 남편의 오토바이 뒤에 타고 병원을 향했다. 덜컹거리는 비포장

도로, 돌 위를 바퀴가 지날 때면 정신이 아득했다. 병원에 도착하자 의사가 분만 촉진제를 놓았는데 배가 아프지 않았다. 의사는 병실 문이 닿도록 드나들었다. 밤 9시가 되어도 전혀 기미가 보이지 않았다.

'산모님 내일이 휴일이라 등산 가기로 되어 있어서 저는 퇴근 합니다. 다른 산부인과로 옮겨드릴게요. 그 곳에서 순산하세요.' 나는 산모 복을 갈아입지도 못하고 구급차를 타고 캄캄한 밤거리를 달려 개인 산부인과로 갔다. 그 병원의 의사는 나이 지긋한 남자였다.

병원을 옮기고 진통이 시작되었다. 참을성이 많은 나였지만 아프다는 소리가 저절로 나왔다. 의사선생님은 '옆집에 사는 분이 놀래 심장병 생겨요.' 병원은 민가와 붙어 있었다. 집에 가고 싶었다. 남편에게 집에 가자고 하니 참으라고 소리를 질렀다. 진통이 잠시 멎으면 잠이 쏟아지고, 시작되면 어른들의 말처럼 하늘이 노랬다. 다음날 새벽 동쪽하늘에 샛별이 뜨는 시각에 '공주님 입니다.' 내게 딸이 안겨졌다. 몸무게 2.7kg, 100g 부족하면 인큐베이터에 들어가야 하는데 다행이라 하였다. 7개월간 긴장이 한 순간에 사라졌다. 세상을 다 얻은 기분이었다. 햇살이 유난히 고운 식목일 아침이었다.

김순자 pigmom4417@daum.net
2014년 〈코스모스문학〉 등단

최고의 순간은 복수다

강민숙

　내 생에 최고의 순간은 내가 이 세상에 태어난 순간일까? 누구나 태어날 때의 기억은 없으니 다음으로 넘어가자.
　그러면 내가 6.25 전쟁을 겪으면서 피란학교를 다니다가 서울에 와서 국민학교를 졸업하고 원하던 여중에 합격되었던 순간일까? 그 순간이 무척 좋았지만 아직 최고라고 부르기에는 너무나 앞날이 기대되었고 무엇이 최고인지 몰랐다. 28세에 노처녀 된다고 집에서 걱정하던 나의 결혼식 날이었을까? 그날따라 이래저래 지체되는 일이 생겨 나의 결혼식에 늦어 부끄럽고 마음이 착잡했다. 결혼하고 아들을 낳아서 내 생애 최고의 순간이었을까? 주위에서 좋아했고 나도 신기하고 좋은가 보다 생각했지만 두렵고 힘들었다. 더구나 미국이민을 간다고 생각하니 아기를 어떻게 기를 가 걱정이 앞섰다.

미국이민 생활이 시작되었다. 갈수록 산다는 것이 어렵고 할 일이 많아졌다. 언제 어디에서 무엇이 좋았고 무엇이 최고의 가치인지 돌아볼 겨를도 없이 세월이 흘렀다. 은퇴 후 꿈에도 그리던 전원생활을 하게 되었다고 좋아했다. 봄이면 나물 캐고 가을이면 천막치고 가을걷이도 했다. 어설프게였지만 시낭송도 했다. 딸의 결혼을 농장에서 야외 결혼식으로 했다. 10여 년을 공들여 심고 가꾸었다. 주위에는 항상 친구들이 있었다.

그러나 인생은 짧았다. 은퇴 후의 설계도는 길었지만 그에 비해 우리의 남은 인생은 너무도 짧았다. 100세 세대라고들 하지만 남편은 희수를 넘기지 못했다.

어느새 나는 백발이 되었다. 혼자 감당할 수 없어 농장살림을 정리하여 편리하고 친구들이 가까이 있는 타운홈으로 자리를 옮겼다. 가끔 친구들을 만나면 우리농장 넓은 들에서 피크닉하고 모닥불 피워놓고 둘러서서 놀았던 때가 좋았다고 한다. 그때 초등학생들이었던 자녀들도 농장에서 뛰어놀았던 것을 생각하면 좋아한단다. 그렇지, 그때가 좋았었구나!

몇 장 쓰고 남은 초대장들과 농장 찾아오는 길 안내 지도 프린트 한 뭉텅이가 눈에 띄었다. 초대장을 집어들고 읽다가 "내 생애 최고의 순간"이 하나인 단수가 아니고 반복되는 복수라고 생각했다. 한 해에 두 번씩 초대장을 프린트해서 친구들에게 보냈던 것을 전부 모아놓지 못한 것이 아쉽다. 4반세기 전부터 이었을게다.

봄놀이 초대

비스듬히 졸고 있는 봄볕을 끌어당겨
연분홍 진달래에 한 자락 덮어주고
화전 부추전에 쑥버무리도 만들어
봄놀이하렵니다

크고 작은 일 접어두고
힘들고 무거운 일 내려놓고
바람같이 오십시오
손에 손잡고 오십시오

P.S. 주소와 약도를 동봉합니다.

초대의 말씀

코스모스가 너른 들판에 가득합니다
새들이 떼를 지어 날아다닙니다
빨간 고추잠자리가 영글었습니다

가을인가 봅니다
이맘때면 더욱 고향생각이 납니다

한나절
호박 걷고 고추 추스리면서 흙바닥에 앉아
옛노래를 불러보시지 않으렵니까

한가위
이른 저녁별 둥근 보름달을
흥겨운 어깨춤으로 맞으십시오
알든농장으로 당신을 초대합니다

1999년 9월25일 토요일 오후 2시부터

며칠 전 경미했지만 일촉즉발한 교통사고가 있었다. 시카고에서 뉴욕으로 가는 장거리 여행이었다. 고속도로에서 왼쪽 옆으로 지나가던 큰 트럭이 내가 운전하는 차의 왼쪽 백밀러를 부딪혀 깨고 계속 달리고 있었다. 정신을 차리려고 안간힘을 썼다. 내 앞 뒤로 트럭들이 100km/hr 이상 속도로 달리는 고속도로에서 갑자기 서면 안 된다. 여러 차들의 후미추돌 같은 사고를 피할 수 없을 것이다. 다행히 차체는 별로 손상이 없는 것 같았다. 차선을 벗어나지 않고 속도를 유지하면서 트럭을 따라갔다. 옆에서 911을 불러주었다. 경찰이 우리의 위치를 확인하고 신속하게 달려와서 모든 일을 해결해 주었다. 너무 놀라고 떨려서 며칠 동안은 말하기도 싫었다. 머릿속이 하얘진다는 말이 이런 것이구나. 지금도 떨린다. 만약 더 큰 사고가 났었다면 나는 어떻게 되었을까? 생각할수록 무서웠다. 가만히 있어도 눈물이 났다. 하나님 감사합니다. 그동안 큰 사고없이 살아온 것 감사합니다.

이제 나는 생각을 다시 했다. 내가 살아서 어제를 생각하고 내일을 계획할 수 있으면 지금 이 순간, 이것이 "내 생애 최고의 순간"이다 라고.

강민숙 minsjang@hotmail.com
시카고 근교 거주, 한국수필 등단

나야 나

함정은

때로는 깃털처럼 휘날리며 | 때로는 먼지처럼 밟히며 |
또 하루를 살아 냈네

유행가 가사의 한 부분이다. 반복되는 일상속에서 날마다 좋은 날은 오질 않는다.

지난 6월 부산 바다근처에서 치루어졌던 큰행사에 전국불교 합창단연합회 천여명의 합창단이 참석하게 되었다. 경기북부에서 당일에 가기엔 거리도 멀고 행사가 일찍 치루어 지는 관계로 전날 미리 사찰에 모였다. 행사날 지역대표로 무대에 서야 해서 단골미용실에서 헤어스타일을 의상에 맞게 멋지게 했다. 원장님께 내일 밤까지 이대로 멋지게 있을수 있게 스프레이 많이 뿌려 달라고 당부를 했다. 원장님은 염려하지 말라고 안심을 시켰다.

"어떻게 잠을 자려고 벌써 머리를 했어요." 머리 모양이 망가질세라 보는 이들이 모두 걱정을 한다. 앉아서 벽에 기대고 자려고요.

간단하게 간식을 먹고 모두 일찍 잠을 청했다.
대답은 했지만 밤이 깊어갈수록 자동적으로 방바닥에 몸이 기운다. 머리가 망가지면 안되는데 졸면서도 걱정이다. 엎드려서 자다가 다시 일어나 앉았다가 그러기를 수차래 아침이다. 머리가 망가질세라 긴장한 탓에 온몸이 뻐근해온다. 천만다행으로 머리는 멋지게 그대로 있었다. 행사장에 도착하고 낯익은 얼굴들도 인사가 "이른 시간인데 머리는 언제 했어요." 네에 어젯밤에 했어요. 잠은 앉아서 자다가 엎드려서 잤어요. 모두가 놀랜다. 지금 생각해도 스스로가 대견하다.

햇살이 따사로운 행사날 바닷가 근처는 몹시도 바람이 불어댔다. 한복 차림으로 걷고 있는데 옷고름이 몇번이고 얼굴을 후려갈겼다.아니 하필이면 얼굴을 그 덕에 간밤에 머리에 신경 쓰면서 제대로 못잤던 졸음이 서서히 날라갔다. 옆에 있던 단원이 제가요 각도를 잘 잡아주어서 옷고름이 얼굴을 하하하. 그 순간 위트있는 말에 모두 함박웃음을 짖고 피로가 풀렸다. 종교인여러분, 재계인사, 관중, 천여명의 합창단으로 전체가 이삼천명의 큰 행사에 합창단 지역의 대표로 무대에 섰다.

13명의 합창단 대표가 무대에 서서 의식을 치루고 관중을 향해서 두손모아 인사를 했다. 스스로의 착각 일수 있지만 내가 제일 빛났다. 그리고 관중뒤편 무대에서 연합으로 합창을 하였다. 전체적으로 볼 때는 장엄하였다. 하지만 나자신 외모는 완벽했지만 합창은 연습 부족으로 제대로 발휘를 못했다. 아쉬움이 남는다. 어느날은 열심히 연습한 결과로 "노래 너무 잘하세요"라고 칭찬을 들으면 순간은 하늘을 날을듯하다.

하지만 임원이 노래를 못하네요. 그야말로 먼지처럼 밟히는 참옥한 순간을 맞이한다. 몸에 좋은 약이 쓰듯이 쓴소리에 자극을 받아서 도약하는 계기가 된다. 모든게 잘 어우러지고 자신감이 넘칠 때 자존감도 생겨나고 "나야나" 라고 힘차게 외치는 순간이 내 인생 최고의 순간이 되지 않을까한다.

어릴때 부터 등하교를 할때면 시골길을 걸으면서 이어폰을 낀 채 노래 부르기를 좋아했다. 노래는 못부르면서 가수가 꿈이었다.

노래 장르는 다르지만 십사년간 그래도 가끔 큰 무대에서 노래며 의상 헤어스타일 준비가 완벽했을 때 행복하다.
백세시대 앞으로도 건강을 신경쓰면서 열심히 노래하고 글

공부도 하면서 자존감을 갖고지내고 싶다. '나야나' 라고 자주 외치는 순간이오면 좋겠다.

함정은
2014년 한국수필 수필당선

5 … 괴물이 발톱을 오므렸다

나는 축구선수 하기엔 작은 키를 가지고 있으며 다른 선수들에 비해 신체적 조건이 뒤처짐을 인정한다. 그러나 그 작은 키는 나에게 최고의 장점이 되었고 이제는 누구 앞에서도 당당할 수 있다"
-리오넬 메시-

-아침이면 슬며시 잠에서 깨어, 나를 위한 하루를 맞이하고, 아침을 준비해서, 식구들을 밥 먹으라고 불러대는 그 빛나는 일상이 내 생애 최고의 순간들이다.-

오늘도 횡재했네

조은해

또 하나의 하루가 나를 찾아온다.

나를 위한 끝없는 현재들이 나를 찾아온다.

알람이 울리기도 전에 잠이 깰 때가 있다. 도심에 위치한 아파트지만 조경으로 심어놓은 나무들이 우거지다보니 새소리를 들으며 잠에서 깨어나는 호사를 누린다.

지난 밤 지치고 곤하여 깊은 잠에 빠졌다가 아침이면 슬며시 자동으로 이렇게 깨어나는 일이 나는 참 재미있다. 죽은 것처럼 자다가도 아침이면 다시 살아나 눈을 뜨고 깨어나도록 설정된 그 시스템이 참 신기하지 않은가.

그저께 마트에서 산 상추가 몇 시간 지나고 열어보니 더운 날씨에 축 쳐져있었다. 찬물에 잠시 담궈 두었더니 다시 생생하게 살아난다.

아침에 눈을 뜨는데 그 상추 생각이 난다.

하룻밤 푹 자고 나서, 다시 생생하게 살아난 상추처럼 쌩쌩해진 나는 오늘 내 앞에 놓인 하루라는 시간을 사랑하기로 한다.

나를 위한 현재라는 시간이 나는 좋다. 공짜가 없다고 하는 세상인데 현재라는 이 시간이 공짜로 나에게 주어진 것이다. 세상에 이보다 더한 횡재가 어디에 있겠는가.

아침에 눈을 뜨면서 나는 생각한다.

'오늘도 횡재했네.'

아침이면 항상 나를 기다리는 건 아침밥이다.

물론 요즈음은 꼭 아침으로 밥을 먹지는 않는다. 삶은 계란을 곁들인 샐러드 한 접시와 우유나 커피 한 잔이면 된다.

어느 날은 아침 식사 준비를 해야 할 시간보다 조금 일찍 잠이 깰 때가 있다. 그 시간은 나에게 명상의 시간이다. 누구에게도 방해받지 않는 나만의 시간이다.

그런 시간이면 어제 저녁 잠들었다가 오늘 아침 다시 살아나, 새로워진 나를 나 혼자 만난다.

난 내가 반갑다.

반가워서 악수도 하고, 서로 쳐다보고 웃기도 하고, 허그도 한다. 끝내 난 나를 힘껏 껴안아준다.

지나온 수많은 시간들을 두 발로 딛고, 지금 여기, 오늘 아침 이렇게 다시 살아난 나를 칭찬한다. 그동안 사느라 애썼다고 등을 두드려 준다.

이 우주라는 거대한 공간 속에 지금 여기에 존재하고 있는 내가 나는 참 재미있다. 인생이란 내가 지금 여기에 존재하고 있다는 사실 하나만으로도 참 고마운 선물이 아닌가 하는 생각을 해본다. 나를 위한 현재라는 이 시간이 참 감사하다.

오늘도 횡재한 거다.

이런 저런 생각 속에 빠져 있을 때 미리 설정해둔 기상 알람이 씩씩하게 울린다. '굿모닝∞ 빠빠빠 빠빠 빠빠 빠빠 굿모닝∞ 비우티풀 데이 잇츠 비우티풀 데이'

아카펠라 굿모닝이라는 곡이다.

나는 그 알람 소리가 '밥해라∞. 밥은 니가해. 밥은 니가'라는 소리로 들린다. 어서 일어나 식사준비 하라고 나를 재촉한다.

매일아침 해야 하는 식사준비가 좀 귀찮을 때도 있지만 오늘 아침에도 횡재를 했는데 그깟 식사준비 쯤이야 하는 마음으로 자리에서 일어난다.

횡재한 날 아침인데 기쁜 마음으로 가족들을 위해 아침 준비를 한다. 계란도 삶고 미리 씻어 준비한 양상추에 오이와 파프

리카 토마토 그리고 사과를 썰어 담는다.

레몬즙을 짜서 샐러드에 뿌려주어야 완성이다. 마지막으로 바게트 한 조각을 구워 크림치즈를 바르고 갈아둔 원두커피를 내린다. 후레쉬 레몬의 상큼함과 은은하고 부드러운 커피향이 식사준비를 하는 수고를 잊어버리게 한다.

그 레몬향과 커피향이 말을 걸어온다. 우리가 함께했던 수많은 따뜻한 순간들을 이야기하고 있는 것만 같다.

식탁에 우리들의 따뜻한 이야기가 묻어 있는 샐러드와 커피를 차리고 식구들을 불러댄다. 어서 나와 밥 먹으라고 불러댄다. 몇 번을 불러야 그때서야 부스스한 얼굴로 식구들이 차례로 식탁에 나와 앉는다.

아침이면 슬며시 잠에서 깨어, 나를 위한 하루를 맞이하고, 아침을 준비해서, 식구들을 밥 먹으라고 불러대는 그 빛나는 일상이 내 생애 최고의 순간들이다.

함께 앉아 삶은 계란을 먹으면서 나는 생각한다. 혼자 이 세상에 나왔다가 이렇게 살가운 식구들이 생겼으니 이건 완전 횡재한 거다.

오늘도 횡재했다.

조은해 cmi0319@hanmail.net
2014년 월간〈한국수필〉등단

그 때가 생애 최고의 순간

박현명

　아무리 생각해도 내 생애 최고의 순간은 아기를 낳아 키울 때가 아니었나 싶다. 서른다섯에 결혼을 했고 서른일곱이라는 나이에 가까스로 아기를 낳았다. 지금이야 적령기도, 출산도 많이 늦추어졌지만 그때는 첫 출산치고는 제법 노산이었다. 여자로 태어나 아기를 낳았다는 사실은 그 무엇과도 바꿀 수 없는 기쁨이자 신비함이었다. 생명을 잉태한다는 것. 세상 모든 여자들의 대부분이 아이를 낳지만 내가 그에 해당되는지는 알 수 없었고 자신조차 없었다. 그런 내가 여자로서 확인을 받은 것이다.
　아이를 낳은 후 그때까지 살면서 가졌던 그 모든 잡념이 사라져 버린 느낌이었다. 또한 늘 골골거리며 아프던 내 몸이 그렇게 가벼울 수가 없었다. 날아다닐 만한 컨디션이었다. 남은 것은 오로지 아이를 키우는 일에 전념하는 일뿐이었다. 최소한 여섯 살이 될 때까지는 엄마로서 오롯이 키우고 싶었다.

평범하다는 것이 제일 어려운 일이라는 것을 실감하기 시작했다. 백일이 지나면서부터 아이는 코를 제외한 온 얼굴과 몸이 빨간 아토피로 뒤덮이기 시작했다. 모유를 먹으면서도 가려움에 밤새 울었고 그나마 못 잔 잠을 자느라 낮에는 두 시간 간격으로 잤다. 남편과 나는 아이를 낳기 전의 삶을 되돌아보며 반성을 하기에 이르렀다. 우리가 무엇을 그렇게 잘못하며 살아온 것일까. 심지어 잘못된 것을 먹으며 살아온 것은 아니었을까 등의 생각들을 하며 마치 죄인이 된 기분이었다. 임신했을 때 세상의 음식들이 역겨웠던 입덧 탓은 아니었는지. 그때 먹지 못했던 음식들의 역습은 아닌지 별의별 생각들을 다 했다.

휴일이면 남편과 함께 아토피에 좋다는 전국의 온천을 찾아다녔다. 아이를 본 사람들의 시선이 괴로울 정도로 부담스러웠고, 사람들은 효험이 있다는 것들을 여기저기에서 택배로 부쳐주기도 했다. 또한 온라인의 여러 사이트들을 찾아다니며 아이에게 좋다는 온갖 것들을 체험했다. 세상 먹거리와 환경에 대해 그때만큼 관심이 많이 갔던 적이 있었을까.

그 와중에도 다행스러운 것은 아이가 순했다는 것이다. 남편이 출근한 뒤 유모차와 짐 가방을 짊어지고 아이를 업고 여러 곳을 돌아다녔다. 가까운 공원에서부터 아이의 건강을 빌기 위한 절을 찾기도 했고, 장거리 버스와 기차를 타고 낯선 곳을 찾아 다녔다. 아이의 존재는 내게 동행의 의미 이상이었다. 아토피가 심해 마음고생은 했을지언정 아이 키우기 자체는 그렇게 신이 날 수가 없었다.

 그렇게 돌이 될 때까지 마치 도를 닦는 마음으로 아이를 키웠다. 다행스럽게도 돌이 지나면서부터 증상은 호전되었다. 물과 희석해서 마셨던 매실청이 크게 도움이 되었다. 그 후 유치원 다닐 때까지 오년 이상을 물 대신 마시면서 팔다리 접힌 부분을 제외한 나머지 몸은 정상인보다 깨끗한 피부를 유지했다. 지금껏 계란에서만 반응을 보이고 나머지 음식을 별 무리 없이 받아들이고 있다.

 아이는 개구쟁이 초등시절과 심한 사춘기의 중학시절을 보낸 뒤 지금은 사회성과는 무관한 고등시절의 막바지를 보내고 있다. 지금껏 아이를 키우며 숱한 갈등이 있었고 일부는 진행 중이지만 그 모든 것은 지나간다는 말을 체감한다. 아이는 성장하고 우리는 그만큼 나이 들었다. 누구나 예외가 없는 일이지만 그야말로 눈 깜짝할 시간은 아니었나 하는 생각이 든다. 그동안 엄마의 역할을 통해 부족한 나를 수없이 들여다보았다. 그 어느 누구도 깨우쳐 주지 못한 나를 들여다보게 한 것은 아이라는 존재였다. 불완전한 나를 확인하면서 나 스스로가 자라나는 시간이었다. 여전히 나는 구석구석 더 성장해야하지만 돌이켜보면 그때만큼 내 생애 최고의 순간이 있었을까 하는 의문이 든다.

박현명 blueflower3@naver.com
2015년 한국수필 등단

산악열차

김무웅

　예전에는 증기기관차가 출발하려면 발이 미끄러져 헛바퀴를 돌렸다. 기차는 좁은 선로 위에서 출발하기 어려웠다. 특히 화물열차가 아침 일찍 출발하는 날에는, 선로가 부서질 듯 큰 소리를 내서 사람들의 아침잠을 깨웠다.
　그런 기억이 아직 남아 기차가 산을 오를 수 있다고는 생각지도 못했다. 스위스에 가보니 신기하게도 기차가 산을 오르고 있었다. 히말라야에는 눈표범이 산을 오른다는 이야기는 들은 바 있으나, 알프스에서는 기차가 맹수처럼 산과 계곡을 주름잡고 다녔다.
　열차가 산을 오르는 것도 신기했지만, 내려가기는 더욱 아슬아슬했다. 철로가 절벽 사이를 급경사로 내리꽂히는데, 길게 객차를 달고 구불구불 내려가는 모습은 생각만 해도 오금이 저렸다. 어쩌다가 급브레이크를 밟는 때는, 맨 뒤부터 브레이크가 작동되므로 시차가 발생하여 위기감이 커졌다. 맹수가 산비탈에서 뒷걸음질을 치며 몸을 조심하는 장면이 연상 되었다고나 할까? 저러다가 산악열차의 톱니 기어라도 부서져 버린다면, 큰 사고로 이어질 게 뻔한데 어찌 걱정되지 않으랴. 차는 나의 우려를 아랑곳하지 않고 가파른 계곡을 계속 내려가고 있었는데, 저 아래 평지에서는 또 다른 차가 반대 방향으로 힘껏 내달리고 있었다. 저 차는 대체 어디서 와서 어디로 가는 것일까?

　그 열차는 우리보다 한발 앞서 출발한 같은 노선의 차인 것을 짐작조차 하지 못했다. 이 가파르고 좁은 계곡에서 방향을 돌려서 반대 방향으로 달리리라고는 미처 생각지 못한 것이다. 나중에 유추해보니 계곡 한구석에 정지했다가 반대 방향(switchback 방식)으로 내려온 것이었다. 애초부터 전동차를 앞뒤로 각각 하나씩 달고 온 것이다. 잠깐 정지하고 바로 되짚어 뒤로 출발했는지, 우리가 미처 깨닫기도 전에 차는 벌써 반대 방향으로 달리고 있었다. 평소 이렇게 기발한 철길을 예상하지 못했기에, 눈앞에서 일어난 사실마저도 파악하기 어려웠다. 가파른 계곡에 철로를 건설한 스위스 국민의 피나는 노력이 내게 감동으로 다가오고 있었다. 감동은 이제 시작에 불과

하고 가는 곳마다 놀랄만한 역사(役事)가 즐비했다.

 산악열차는 1870년대에 스위스의 경제를 바꾼 발명품이다. 철로 사이에 톱니 철로를 하나 더 깔고 차의 배 밑에는 톱니 기어가 장착되어 톱니를 물고 산을 오르내리는 방식이다. 지금은 기계공학이 발달 되어 열차의 톱니 활용은 별것도 아니겠지만, 당시로는 쉽지 않은 아이디어였을 것이다. 산악열차의 발명 자체도 대단하지만 가파른 경사에 철로를 설치하기에는 더욱 힘든 노역과 큰 자금이 필요하다. 어느 것은 수백 미터의 암반을 뚫어 철로를 깔았고, 또 어떤 것은 성벽처럼 돌로 토대를 쌓아 철로를 놓았는데, 가파르기가 혀를 내두르게 한다. 산악열차의 발명으로 스위스는 알프스 산악지대에 교통망을 깔 수 있게 되었고, 이용 가능한 국토로 만들어 놓았다. 극지처럼 눈 덮인 고산지대를 레저와 스포츠의 장으로 탈바꿈시킨 것이다. 높고 험준하기로 유명한 산이라도 철로를 속속 완성해가며, 관광객을 유치하여 항구적인 관광 대국이 되었다. 지구상에는 산악지방도 많지만 다른 나라에서는 지금까지도 이 차를 별로 이용하지 않는 것을 볼 때, 이 산악열차는 스위스에 꼭 맞는 역작(力作)이었다.

 열차가 평지에서 빠르게 달리다가도 산을 만나면 등산 모드로 전환하는데, 탑승객은 그 변화를 얼른 알아차리지 못해서 항상 뒷북이다. 이때 차는 속도를 줄이고 산 밑을 구불구불 돌며 제 꼬리를 이리저리 돌아보며 전진한다. 어느덧 철로는 개천을 따라 비좁은 계곡 사이를 파고든다. 목동들의 통나무집도 모습을 보이며 채소밭과 사과나무가 차에 휩쓸려 온 바람을 반갑게 맞는다. 그러다가 톱니바퀴가 이빨을 가는 소리를 내기 시작하면, 산악열차가 드디어 산을 기어오르는 것이다. 톱니를 물었다가 놓았다가 하는 차의 유별난 조심성을 확인하고 안도하며, 사람들은 계곡에 핀 야생화를 보며 고개를 넘는다.

산악열차가 가파른 산악을 누비고 오르내리는 동안, 알프스의 야생화는 여러 나라 사람들에게 소개되는 기회를 누렸다. 맨 처음 선로가 설치된 곳은 리기산인데 토질이 좋아서 풀밭과 야생화가 많았다. 리기산은 큰 호수가 산재한 지역에 위치해서 전망이 탁 트이고 정상에는 호텔도 건설돼 있었다. 열차가 처음 설치된 1873년 한 시즌에 다녀간 사람만 무려 10만 명을 넘어섰다고 한다.

언제라도 다시 찾아가 야생화를 실컷 보고, 심호흡으로 미세먼지를 덜어낸다면 더할 나위 없이 좋겠다. 산악열차와 야생화는 아직도 내 마음을 잡고 놓아주지 않는다.

김무웅 muwangk@naver.com
2015년 월간〈한국수필〉등단

나는 너를 위로해

반화자

'그래, 저 곡이야'
운전 중 그 곡이 흘렀다.
어린 날 처음 들었던 바이올린 곡 마스네의 '타이스의 명상곡'이다.
중학교 입학하자 현악반이 생겼다.
외부에서 오신 바이올린 선생님의 첫 날, 첫 연주가 그 곡이었다. 멜랑콜리한 첫 시작부터 그냥 눈물이 났다.
처음 듣는 그 곡은 어떤 무언가가 가슴을 싸아하게~, 마음이 아팠다.
그 때 그 순간의 음악이 여태 나를 지배하고 있으니 나의 최고의 순간이 아니었을까.

바이올린을 하면서 어린 날의 허전함이 조금씩 채워져 갔다.
말이 없었고, 조용히 언니 오빠가 읽던 책이나 보고 혼자 사색을 즐기다 바이올린을 만났으니 나와는 단짝이 될 수밖에…. 바이올린의 애절한 소리에는 돌아가신 엄마와 할머니, 시집간 고모가 같이 등장했는지도 모른다. 마음 둘 곳 없던 내게 바이올린은 1 순위가 되어갔다. 방과 후 남아서 현악 반 친구들과 합주연습을 했고 주말엔 레슨을 받으러 다니며 늦도록 현악 4중주(제1바이올린, 제2바이올린, 비올라, 첼로)를 맞추었다.
친구가 제1바이올린을 맡았을 때, 나는 제 2바이올린을 하기 싫다고 억지를 부리기도 했다(제1바이올린이 멜로디 담당). 도시로 음악경진 대회에 나갔었고 연말에는 자선 음악회도 열었다. 나의 사춘기가 그렇게 흐르는 듯 했다.
한참 재미를 붙일 즈음 高入이 다가오면서, 아버지는 그만하고 공부하라며 바이올린으로는 못 먹고 산다 했다. 계속 하고 싶다고 버팅기어야 했는데 아무렇지 않은 척 바로 바이올린을 접고 속앓이를 했다. 아마 엄마가 계셨다면 울면서라도 하고 싶다고 매달렸을 텐데…. 바이올린 연습실을 지나칠 때는 너무 하고 싶어 기웃거렸고 마음은 다시 침묵을 오래 오래 앓았다.
고등학교를 도시로 유학했다.
어느 날 점심시간 그 곡(타이스의 명상곡)이 흘렀다. 그 순간 눈물을 펑펑 쏟았는데 음악 때문인지 객지 생활의 설움 때문인지 실컷 울고 났더니 속이 시원했다.

'그래, 다시 바이올린을 배워야 해.'

음대생이 가르치는 곳에서 딱 한 달을 배우고 또 접었다. 하숙비로 바이올린을 배울 수는 없었고 레슨비는 나의 힘 바깥이었다.

그 때는 채널이 잡히지 않는 라디오를 음악방송만 찾아 들었고 명곡 해설집에 줄을 쳐가며 들었다. 자연스레 바이올린에 대한 미련은 잠잠해져갔다.

조용히 잠자던 바이올린은 딸이 바이올린을 시작하면서 스멀스멀 나를 부추겼다.

'어서 시작해, 마지막 기회야'

나는 내 어린 날의 그 아이에게, 그 동안 애썼다며 아주 값비싼 바이올린을 선물했다.

소싯적 마음으로 뭐든 할 수 있을 것 같았으나 딸의 유연한 손놀림과 비브라토(손가락 떠는 주법)에서는 따라갈 수가 없었다. 바이올린을 메고 나가면 선생님이냐고 묻곤 했는데 내심 그랬으면 좀 좋으련만…. 조금씩 조금씩 바이올린은 영원히 내 곁을 떠나갔다. 빛바랜 바이올린 책만이 나를 바라보는 것 같아 책꽂이에서 나와 같이 음악을 산다.

음악은 내게 갈증 같은 것이었다.

그 갈증은 피아노로 잠잠해졌다. 어떤 곡 하나에 마음을 뺏기는 날에는 하루 종일 가슴이 벅차다. 클래식 피아노를 배운다는 것은 서둘러 할 수 없는 영역, 무한한 인내를 요구한다. 참담한 좌절감으로 '이게 뭣 하는 짓인가' 수시로 절망하기도 하지만 몰입하여 집중할 수 있는 나의 영역이 있다는 것에, 즐길 수 있다는 것에 감사하다.

며칠 전 피아노의 거장 안드라스 쉬프의 연주회를 다녀왔다. 소리가 너무 아름다워 그의 포로가 된 듯 넋을 빠뜨리다 가슴이 벅찼다.

그의 피아노 소리는 여태 경험하지 못한 피아노의 신세계, 신의 손가락 터치와 절제된 음색은 영혼의 떨림이었다.

콘서트 홀에서의 음악은 살아서 움직이는 생명체처럼 나를 강타한다. 그 순간을 즐기다 나의 음악으로 저장되어지면 그 곡은 나와 같이 숨을 쉰다.

음악이 하고 싶어 울먹이던 내 안의 아이를 꼬옥 안아주며 귀엣말을 속삭인다.

"음악으로 나는 너를 위로해…."

반화자 bangaun72@naver.com
2016년 〈한국수필〉등단

내 자리를 찾았다

한연희

　내가 이곳에 이사 오기 위한 순간이 지금인가. 구석구석 따듯한 햇살은 내 발길이 가는 어느 곳이든 따라다녔다. 방문을 열든지 거실에 앉던지 잔잔한 햇살이 내 마음으로 잘게 퍼졌다. 밝은 기운이었다.
　그날 들떴던 그 기분은 지금도 기억 속에 살아있다. 나는 간절히 원하면 이루어진다는 '피그말리온'의 말을 믿었다. 그 말을 되씹으며 집 짓는 일을 했다. 진두지휘하던 그때, 내가 그 큰 집을 지었다는 역량은 쉽지 않았다. 어디에서 나왔을까. 어느 사람이든 태클을 걸어도 거리낌이 없었다. 아마 내게 닥친 환경이 나를 이끌지 않았나 싶기도 했다.

집을 지을 수 있는 땅을 샀다. 다리품을 팔아야 좋은 땅을 산다고 하지만 이곳저곳 기웃거리지도 않고 집을 옮겨야 한다는 생각만으로 점 찍어 두었던 집터였다. 그때 살던 집은 두 번째 지은 집이었다. 그 집에서는 어쩔 수 없이 그러려니 밀려가던 때였다. 그때는 죽으라면 죽는다는 자포자기 상태였고 발 닿는 곳이 내가 살 곳이라고 믿었다. 그러면서도 그 집에서 사 년을 살았는데, 불편한 구석이 많았다. 점점 정신이 들었다. 마음을 다잡고 나서는 전문지식이 없어도 어떻게 설계하고 어떤 터를 사야 하는지 눈에 보이기 시작했다. 그때부터 맘에 드는 집을 짓기로 마음먹었다. 계약금부터 돈을 빌려 터를 샀는데 돈고생이 말이 아니었다. 그런데 사람들은 배짱이 남자들보다 낫다고 했다.

내가 산 집터가 남편의 출퇴근길 옆이었다. 남편은 매일 퇴근길에 걸음나비로 쟀다며 '내 발로 열다섯이 넘었어'라며 무척 좋아했다. 남편은 돈으로 도와주지는 못했지만, 내게 격려와 마음으로 힘을 실어줬다. 그러나 집 짓는 계획으로 머리가 복잡해졌다. 가까운 사람들의 집 짓는 일에 대한 시기와 음해도 감당해야 했다. 남이 잘되는 것은 다들 싫어하는 눈치였다. 안 한 말도 만들고, 집 짓는 일로 갈등도 생겼다.

나는 기도로 매달렸다. 내가 하는 일을 이뤄달라는 기복에 매달릴 만큼 그때 상황은 절실했다. 내 기도는 이기심 때문일까. 그때가 쉰세 살이었는데 아무래도 그때 열정은 내 인생의 줄을 바꾸는 처지가 아니었나 싶다.

이 십여 년이 지났지만, 지인들이 우리 집에 오면 잘 지었다고 칭찬을 했다. 나는 이 집에서 경제적인 모든 것을 해결했다. 초등학교 다니는 손주는, 저희 집보다 할머니 집이 더 좋다고 했다. 아이들 눈에도 좋다니 부자가 된 것같이 흐뭇했다. 대궐 같은 큰 아파트보다 좋다고 하다니….

우리 집에는 여러 가지 꽃이 피어있었다. 그네들은 우리 집 가치를 더 풍성하게 만들었는데, 그네들한테 혼자 말을 걸고 혼자 좋아했다. 그네들의 수발도 즐거웠다. 모바일에 저장하며 녹색 이파리 하나라도 소중하게 다루었다. 그런데 요즘 문제가 생겼다. 나무뿌리가 방수층을 해친다고 일꾼들이 내게 일러줬다. 어쩔 수 없이 그네들을 없애야 했다. 그 나무들을 자르는데 마음이 찌르르 울렸다. 생명이 있는 것처럼 그렇게 가슴이 아팠지만 어쩔 수 없었다. 유별나게 녹색이라면 뭐든지 좋아했는데, 우리 집에 있던 나무는 더 내 몸같이 혼자 사랑했다. 아무리 세월이 흘러도 내 기억 속에는 감나무, 사과나무, 매실, 다닥다닥 매달린 빨간 앵두 등 내 기억 속 오래오래 남아있지 않을까 싶다.

집을 다 짓고 현관문을 열었을 때 나는 입을 벌리고 다물지 못했다. 내가 땀 흘리며 손수 짓던 그대로였는데, 나를 따라 다닌 햇살은 더한층 내 마음을 풍요롭게 했다. 나는 이 집을 지을 때 나만의 절박함이 있었다. 살아남기 위한 미래에 대한 책임이었다. 시간이 지나고서야 하느님께서 나를 그냥 내 버려두지 않았다는 감은을 느꼈다. 아들 손주들도 우리 집 오기를 좋아하니 정말 내 생애의 최고의 선물이 아닐까.

한연희 yeoun6576@naver.com
2016년 미래시학 신인상. 2018년 한국수필 신인상.

괴물이 발톱을 오므렸다

이동석

K-드라마 해외 진출 덕분에 드라마가 박진감도 있고 내용도 많은 계층의 사람들이 공감할 수 있도록 만들어지고 있다. 내가 즐겨보는 드라마의 대부분은 수사 관련 내용인데 거대 권력과 정경유착이 많다. 거대 조직을 등에 업은 쪽이 여러 번의 반전 속에서 패할 때는 유쾌하다. 대리만족의 희열을 느끼기도 하지만 현실은 정말 드라마처럼 될까?

자동차를 살 형편이 안 되어 자동차 면허 따는 것을 친구들보다 늦게 시도했다. 전철역 근처에 새로 생긴 학원에서 주행 연습하던 중이었다. 어떤 청년이 학원 내 주행 도로를 갑자기 횡단하는 바람에 급정거를 못 해서 사람을 치었다. 하늘이 캄캄하고 어찌해야 할지 몰랐다. 학원 사람들이 나와서 환자를 근처 병원에 입원시켰고, 3주 진단이 나왔다.

그때부터 악몽이 시작되었다. 신설 학원이었던 학원은 수강생 안전을 위한 보험을 들지 않았기에 사고가 나면 수강생이 전액 물어주고 해결해야 한다고 했다. 경찰은 경찰대로 학원은 상관없으니 사고를 낸 내가 보상과 합의를 해야 한다고 종용했다. 그렇지 않으면 나를 구속할 거라고 했다. 직장인은 구속되어 형을 받으면 직장을 잃는다는 약점을 이용하는 것 같았다. 나도 여러 사람을 통해 알아봤는데 이런 사고는 학원이 보상해야 한다고 했다. 그러나 현실은 수많은 이들의 의견을 묵살했다.

환자의 병원비를 내주고 환자와 환자 부모에게 사죄드리며 부탁했지만, 그들은 꼼짝도 하지 않았다. 합의금 2천만 원에 평생 후유증에 대한 보상도 해달라고 했다. 내 연봉보다 많은 이천만 원에 평생 후유증 보장은 불가능한 조건이었다. 내가 학원과 협의를 해보라고 했지만, 그들은 모르쇠로 일관했다. 어떻게 해야 할지 앞이 캄캄했다.

퇴근 후 몇 번이나 병원에 갔지만 교통사고 환자들은 술판을 벌이기 일쑤였다. 내가 다치게 한 사람도 몇 번이나 찾아갔지만 만날 수 없었다. 합의해 달라는 나를 피해 집으로 사라진 것 같았다. 그리고 며칠 후 병원보다 집에 더 많이 가 있는 그

환자는 3주에서 7주 진단으로 변경 되었다고 경찰이 합의하지 않으면 구속 될 거라고 했다.

그러는 사이에 학원은 만약을 대비해서 희미했던 횡단 선을 뚜렷하게 칠하고, 없던 신호등도 달고 안전 요원도 배치했다. 그리고 사진을 찍어 내가 불리하도록 모든 여건을 만들었다.

결국 합의는 못 했고, 사고 낸 지 3주 만에 구속되었다. 밤 10시가 넘어 구속되기 전, 아내에게 전화하니 겁 많은 아내는 울기만 했다. 유치장 생활은 참담했다. 억울하게 형을 사는 사람들은 자기 명대로 살 수 없겠다는 생각이 들었다. 외부와 단절되니 내가 할 수 있는 거라곤 아무것도 없었다.

아내는 나의 입사 동기인 친구와 함께 변호사를 선임했고, 내가 15년 동안 성실하게 직장생활을 한 여러 좋은 점을 적은 탄원서를 만들었다. 직장 동료들의 탄원서, 병원비를 내며 합의를 여러 번 시도했던 점, 학원의 문제점, 안전 요원이 동승하지 안 한 사항 등등을 변호사에게 자세히 이야기해서 결국 나는 나흘 만에 구속적부심에서 풀려났다. 그 후 교통사고 특례법으로 200만 원 벌금을 냈으니 사건이 마무리 된 줄 알았다.

그런데 그게 아니었다. 얼마 후 학원에서 피해자와의 소송비용과 합의금에 이자까지 포함에서 우리 집에 가압류를 걸었다. 소송을 하자니 대규모 운전학원을 대상으로 이길 방법도 없고 돈도 없어서 20년 이상을 그대로 두었다. 늘 출입구를 찾을 수 없는 캄캄한 동굴 속에 갇힌 기분이었다.

그러다 회사 운영 문제로 은행에 갔는데 등기에 가압류가 없어야 한다고 해서 25년 만에 법무사를 통해 재판을 했다. 다행히 재판 날짜에 운전학원 원장이 두 번이나 안 나와서 해지 판결을 받았다. 그제야 갇혀 있던 동굴에서 출입구의 빛을 본 듯했다.

그러나 기쁨도 잠시, 20일 후에 소송이 들어왔다. 그동안 학원이 나 때문에 손해 본 것을 이자 포함해서 보상을 하라고 했다. 참으로 기가 막혔다.

25년 전 이 사건을 맡았던 변호사를 찾아갔다. 그 사이에 그 분은 법무법인 대표가 되어 있었다. 그 분을 만나서 사정을 털어놓으니 왜 진작 해결하지 않았냐고 했다. 나는 거대한 조직과 싸우는 것이 엄두가 나지 않았다고 했다.

재판을 하면서 많은 맘고생을 했다. 참으로 질긴 악연이 이런 경우를 두고 하는 말 같았다. 드라마에서나 보던, 검은 커넥션 때문에 힘없는 사람들이 무너지는 모습을 수도 없이 봤는데 다행히 1심에서 끝났다.

"이제 저쪽에서 재심 청구를 포기했으니 끝난 것 같습니다."
전화기 속으로 들려오는 법률사무소 사무장의 목소리에 동굴 속에 갇혀 있던 내가 드디어 출입구를 찾았다. 25년 동안 동굴 문을 가로막고 있던 괴물이 발톱을 오므렸다. 내 삶에서 가장 기쁜 날이 열리고 있었다.

이동석
2016년 〈한국수필〉 등단

쪽빛 날개

유승연

 늦은 나이에 남편의 제 2 보충병 소집 통보서를 받았다. 소집통보서를 전해주는 병무 요원이 나를 보더니 "저기요 아이가 둘이면 군 면제가 되는데요, 둘째가 임신 8개월이어도 1인으로 간주하기 때문에 가능해요." 라면서 서류를 준비해서 병무청에 접수하라며 자세히 알려주고 돌아갔고 그때 나는 둘째가 거의 만삭에 가까운 시점이었다. 그 똑똑한 병무 요원이 군 면제 방법을 알려주지 않았더라면 복무기간을 만기까지 채우고 제대했을 것이다. 당시에 저축해 놓은 돈도 많지가 않았고 어디 마땅히 기댈 데가 있는 상황도 아니었다. 가장이 직장생활을 해서 다달이 생활을 해 나가야 하는데 보충역 소집으로 인하여 생활 자체가 어렵게 되었다. 국방의 의무라고 하지만 늦게 나온 소집 통보서가 야속하게만 느껴졌다.

　남편은 어쩔 수 없이 다니던 직장을 그만두고 3주간의 훈련을 위해 입소를 했고 나는 서류준비를 위해 아이를 데리고 임신 7~8개월의 몸으로 시골인 본적지와 거주지 관할 관청을 왔다 갔다 동분서주 해야했다. 준비해야 하는 서류 종류가 지금의 기억으로 수 십 가지가 된 것 같았고 많은 날들이 소요가 되었다. 그 서류 중에는 군 지정 산부인과에서 임신 만 8개월 이라는 의사의 확인서가 있어야 한다. 그 때는 컴퓨터가 없던 시절이어서 확인은 오로지 임신부의 외형과 의사의 의지로 확인을 할 수 밖에 없다. 만 8개월이 지났어도 의사가 7개월이라면 어쩔 수 없는 그런 상황이었다. 가장의 군 면제가 너무나도 절박하고 시급한 상황이었는데 깐깐한 여의사는 고개를 갸우뚱 갸우뚱 거리며 질문 몇 가지를 했다. 제일 중요한 임신 만 8개월 확인 서류를 떼지 못하면 보충병 해제가 되지 않는다. 마음 속으로 무척 초조했다. 의사는 간단한 진료를 마치고 찜찜한 표정을 지었다가 나를 쳐다보다가 생각에 잠겼다가 하는 것 같았다. 나를 보면 뚱뚱하고 작은 사람이어서 남보다 더 개월 수가 찬 것 같은 생각을 하는 것 같았고, 어떻게 보면 만 8개월이 더 된것 같은 생각도 하는 것 같았다. 의사는 잠깐 생각에 잠기더니 쿨하게 확인서를 떼어 주었다.

　모든 서류를 준비해서 병무청에 접수 해 놓고 병역면제 통지서 오기만을 기다렸다. 서류 접수 2주 정도의 시간이 지난 다음에 근무지로 군복무 해제 통지서가 왔고 그 이튿날부터 병역면제였다. 2개월 만의 쾌거였다. 이제는 남들처럼 가장이 직장생활을 해서 뜨거운 밥과 함께 평온하고 소박한 생활을 할 수가 있게 되었다. 사람은 살아가면서 거의 통과의례를 거치게 된다. 결혼을 하고, 아들과 딸이 탄생하고, 조그만 집을 장만하고 등등의 기쁨은 어느 정도 미리 예상이 되는 기쁨이기도 하다. 순간적인 환희와 기쁨은 지난날을 아무리 돌이켜 생각해 보아도 병역해제가 되었을 때였던 것 같다. 그때 나의 세상은 모르포 날개처럼 온통 푸르렀고 없던 새 기운은 하늘까지 솟구치는 듯 했다.

유승연 amarant11@naver.com
〈한국수필〉 등단

바람 부는 날

신종원

　바람이 골목을 휘감고 도는 날엔 집을 나선다. 오늘처럼 소슬바람이 창문을 더듬어대는 날에는 현관문을 나서야만 한다. 바람이 불러대는 대로 걷고 싶어진다. 그러지 않으면 무슨 일 날 것만 같다. 바람 쐬러 털고 일어서면 식구들도 환영이다. 집에만 있으면 몸에 안 좋다고, 건강하게 사는 게 남는 거라고 응원한다. 내가 아프면 옆 사람이 힘들어진다고, 옆 사람이 기뻐야 나도 좋다고.
　바람 부는 날이면 집을 나서 언덕을 오른다. 언덕에 오르면 땀을 훔치고 숨을 몰아 쉬고, 두 팔을 뒤로 제친다. 두 손에 목덜미에 전율이 흐른다. 약간의 시장기를 느끼는 때도 있다. 옷을 차려 입고 집 나선 보람이 있다. 가슴 시원하게 살려면 조금은 부지런해야한다는 걸 다시금 느끼는 순간이다.

　언덕에 오르면 조금 여유가 생긴다. 나뭇가지가 눈에 들어오고, 옆 사람 말이 들린다. 이런 저런 생각을 한다. 올라오다 좁은 길에서 마주친 그 사람, 오늘 처음 본 사람일까? 내가 먼저 웃었을까, 그 사람이 먼저 눈을 깜빡깜빡했을까? 집 나서기 전 고심했던 생각들도 짚어본다. 이 옷 입을까 저 옷 입을까? 무슨 신발 신을까, 모자 쓸까 말까, 선글라스는? 별 생각 다 했다.

　언덕에 오르면 별의 별 생각이 떠오르기도 한다. 때로, '그 여인의 마지막 그 말 한 마디' 떠올린다. 까까머리 시절 부르던 노래다. 그냥 불러댔다. 혼자 부른 게 아니다. 떼로 몰려다니며 불렀다. 그 때는 다들 그 노래를 안다고, 그 여인이 그 말을 했다고 생각했다. 이제는 그 여인이 그 여인이 아니란 걸 아는 친구들이 많다. 그 여인, 참 못 됐다. 그토록 숨죽이고 있더니 이제 작은 목소리로 말한다. 제 모습은 여전히 보여 주지 않은 채 속삭이고 있다.

　바람 부는 날에는 언덕에 올라 넓은 들을 바라본다. 갈래길, 여럿이다. 갈래 갈래 길에서 제 길을 갔는지. 아니면, 이런 추억들은 아예 짚어 보지 말아야 하는 건지. 지난 일은 하느님도 어쩌지 못한다는데….애초부터 정해진 길이 있으면 그대로 따르면 된다. 내 길은 내가 정하면 된다고 생각해왔다. 돌이켜 보면, 꼭 그렇지만도 않다. 내 하고픈 대로 되지 않은 때가 더 많지 않았나 싶다. 때로, 내가 내 마음을 잘 모른다. 언덕을 오르다 보면 여러 생각이 든다. 더 올라가야 할지, 뒤돌아 가는 게 좋은지, 옆길로 들어서는 건 어떨지….

오늘도 생각에 생각이 꼬리를 문다. 시간이 시간에게 바톤을 넘겨주고, 오늘이 가면 내일이 올 거다. 하루하루가 새로운 날이다. 여름에는 열매를 맺고, 가을이 오면 예쁘게 익어갈 거다. 소슬바람도 불거다. 그럴 거다.

오늘처럼 바람 부는 날이면 언덕에 오른다. 그 여인의 '마지막 그 말 한 마디' 짚어본다. 입가에 눈가에 잔주름 스쳐간다.

신종원 chongweon11@hotmail.com
2017년 월간〈한국수필〉등단

그냥저냥 별

신삼숙

코스모스의 저자 칼 세이건은 어린 시절, 반짝이는 하늘의 별들을 바라보면서 많은 궁금증을 가졌다. 어른들에게 물어보면 "하늘의 불빛이지, 꼬마야"라는 대답이 돌아왔다. 분명 독특한 존재인데 아주 평범한 것으로 대접받는 별들이 불쌍해 보여 천문학자가 되려 결심했다고 한다. 강한 호기심은 그가 원하던 황홀한 순간을 수없이 맞이하게 했다.

내 눈에는 당연히 있어야 할 자리에 있는 그냥저냥 별인데 그의 눈에는 모든 게 신기했다. 이처럼 보는 각도에 따라 중요한 순간이 되기도 하고 별것 아닌 것처럼 느껴지기도 한다.

생각해보면 살면서 최고의 순간을 많이 만나지만, 무심히 흘려버려 놓치는 경우가 꽤 있다는 생각이다. 눈에 훤히 보이는 첫사랑, 결혼, 아이의 탄생, 내 집 마련, 상 탔을 적 등등의 기쁨은 누렸지만, 분명 좋은 시절이었는데 미처 깨닫지 못할 적도 많다. 삶이 고달파서, 무관심해서, 엄두가 안 나서, 마땅하다고 여겨서 등등 여기도 빠트린 이유는 가득하다.

  작은 아이가 카톡으로 사진 한 장을 보내왔다. 연년생인 아들들이 똑같은 티셔츠를 입고 웃고 있다. 아마도 큰아이가 6살, 작은 아이가 5살이지 싶다. 아들은 자기가 배우고 있는 교육과정 과제를 작성하는 중에 지난 시절 이야기를 적다가 생각이 나서 보냈다고 했다. 사진을 보면서 미소가 번지는 나를 본다. 정말 예쁘다. 당시는 힘들어서 그들이 비슷하게 생겼는지도 그리 미남인지도 깨닫지 못했다. 사내아이들 치다꺼리가 힘에 부치기만 했다.

  세검정 언덕배기에서 살다 친정 근처로 이사 온 지 얼마 안 된 때이다. 새로 지은 집이었다. 대출을 끼고 마련했기에 부담이 크지만 모든 게 깨끗하고 새로워서 좋았다. 무엇보다 가파른 언덕이 없어서 좋았고 물이 잘 나와서 편했다.

  세검정 집은 겨우 마련한 수도 시설이었는데 지대가 높아 낮에는 물이 나오지 않았다. 남들이 다 자는 밤이 돼서야 물이 나와 받아놓는 수고를 매번 해야 했다. 어쩌다 오시는 시어머님은 언덕 올라오기에 힘드셨는지 그 집을 못마땅해하며 속상해

했다.

　그래도 생각해보면 추억이 많은 집이다. 그 집은 서울 도심에 있으면서도 시골의 느낌이 잔뜩 묻어나는 집이었다. 집 앞 공터에는 호박밭이 너르게 펼쳐있었고 어쩌다가는 인분 냄새도 풍기곤 했다. 곧바로 집이 들어서기는 했지만. 시골에서 살아 본 경험이 없는 나는 산에서 들리는 뻐꾸기의 "뻐꾹, 뻐꾹" 울음소리가 무척 신기하면서 새뜻했다. 한번은 뱀도 봤는데 무섭다기보다는 놀라웠다. 마당이 시멘트로 덮여있는데 어떻게 왔는지 이해가 안 됐기 때문이다.

　시내에서 있다가 버스 정류장에서 내려 집으로 들어가는 골목을 들어서면 벌써 공기가 달랐다. 달고 상큼하다 할까 머리가 맑아지는 기분이었다. 그 동네는 크고 좋은 집들이 많아 집을 올라가면서 잘 가꾸어진 정원을 힐끗힐끗 훔쳐보는 재미도 쏠쏠했다. 가끔은 동네 아주머니들을 따라 개울가로 빨래를 하러 갔다. 냇물에서 하는 빨래가 그리 쉬운 줄 그때 처음 알았다. 다만 아이들을 데리고 가면 그들은 신나지만, 나의 피곤은 배가 되었다. 휴일에는 혼자 갔는데 돌아오는 길이, 젖은 빨래 때문에 무겁기는 해도 산의 기운 탓인지 시원하고 산뜻해 기분은 가벼웠다. 지금은 엄두도 낼 수 없는 일인데 그때만 해도 젊어서 가능했지 싶다.

　앞집의 오래된 감나무는 나에게 신선한 새로움을 주었다. 감꽃은 주워 실에 꿰어 목걸이를 만들고 물든 감나무잎은 색깔이 너무 고와 마음을 일렁이게 해주었다. 집에서 내려다보면 탁 트인 풍경에 눈이 시원하고 북악산의 빼어난 경치는 마음에 쉼을 주었다.

오늘 사진으로 인해 세검정에서 기억이 잊고 있던 시간을 불러내 내 마음을 부풀렸다. 당시는 고단한 생활이라 놓치며 자신을 돌아볼 여유를 갖지 못했다. 하지만 좋은 시절이었음을 상기시켜 주며 발그스레한 얼굴로 웃게 만든다. 그냥저냥 별이 눈부시게 아름다움으로 바뀌는 시간이었다.

글쓰기는 떨어트린 기억들을 다시 줍게 해준다. 글 그릇에 담아 새로운 즐거움을 맛보게 한다. 잊고 있던 추억을 불러내어 감격의 눈물을 흘리게 만든다. 우리가 그동안 얼마나 좋은 인생을 살았는지 깨달을 수 있다. 지나간 일이던, 이때이던, 장대한 미래에 대한 상상이던 으뜸의 순간은 매번 설렌다.

신삼숙 angella0303@naver.com
2018년 〈월간문학〉 수필 등단

6 ···Not yet, 십 년쯤 뒤

-결국 인생 최고의 순간을 만드는 것은 자신에게 달려있다고 한다.-

-꿈을 가지고 있는 한 내 인생 최고 순간은 아직 오지 않았다. Not yet 십 년쯤 뒤, 그 꿈이 성취되는 날, 그때가 내 인생 최고 순간이다.-

Not yet, 십 년쯤 뒤

허광호

    단어나 표현도 나이를 먹는다. 문학회 공통주제가 '내 인생 최고의 순간' 인데 '내 인생의 전성기' 아니면 '내 삶의 황금시대' 로도 표현할 수 있다. 이런 표현을 요즘 젊은 사람은 거의 안 쓴다. 회원 평균연령이 오십 대 후반을 넘기고 있기에 이런 표현이 나온 건 아닐까? 가끔 오래된 홍콩영화 제목 '화양연화' 라는 표현도 쓰이지만, 소위 간지 나는 표현으로는 '내 인생의 리즈 시절'이다. 한글 자판에도 이 단어 '리즈 시절'을 치면 맞춤법 오류로 뜬다. 그리고는 전성기나 황금 시절이 바른 말이라고 친절히 알려준다. 아! 앞의 문장에서 오류 표시되는 표현이 한 군데 더 있다. '간지 나는' 도 마찬가지다. 믿기지 않으면 자판을 직접 쳐 보시기를 권유해 드린다.

간지나 리즈 모두 외국어에서 어원이 유래하기 때문에 우리 말을 풍부하게 해 주는 표현이라고 말하기는 어렵다. 하나는 일본어에서 또 하나는 영국의 도시 이름에서 어원이 나왔다고 한다. 간지는 영화업계에서 쓰기 시작했고, 리즈는 어느 축구선수가 그 도시 축구팀에 있을 때 가장 기량이 뛰어났었기 때문에 유래되었다고 한다. 좀 더 알고 싶은 분은 네*버에게 물어보시면 된다. 그러나 어떻든 현재 많이 쓰는 유행어이다. 이 단어가 살아남을지 아니면 도중에 없어질지는 우리 세대와는 상관없이 젊은 사람의 입에 달려있다. 한때 유행이 아니고 십 년 이십 년 쓰인다면 국어사전에 저절로 올라갈 것이다.

축구를 마초형 남성들이 좋아하는 게임(나 같은 남자도 있어요!) 정도로 알고 있는 나는 '리즈'라는 단어에서 영국 도시 이름보다 '엘리자베스 테일러'라는 한때 유명했던 여배우 이름을 먼저 떠올렸다. 뜻도 모르면서 리즈 테일러의 전성시대란 말인가 보다 하고 혼자 히죽거렸다. 그도 그럴 것이 세상의 많은 직업 중에도 여배우라는 직업이 소위 리즈 시절이 짧은 대표적인 직업이다. 물론 미나리 여배우처럼 나이를 초월해 연기력으로 승부하는 배우도 있지만, 젊음이나 미모로 승부했던 많은 배우들은 리즈 시절이 짧았다.

내 인생에서 리즈 시절은 과연 언제였을까? 통속적 의미에서 잘 나가던 때를 가리킨다면 회사 대표를 맡던 시절이라고 할 수 있다. 그렇지만 그때가 가장 기뻤냐? 혹은 행복했냐? 질문을 하면 당연히 아니다. 오히려 그때는 온통 일에 파묻혀 인생의 의미가 무언지 모르던 시절이다. 그런데 뉘앙스를 조금 달리해서 내 인생의 화양연화는 언제 였나로 질문을 바꾼다면 20대 초반 아직 삶의 무게를 느끼지 못하던 시절을 꼽을 수 있다. 희망과 기대로 가득 차 있고 하루하루가 기쁘고 행복했다. 그렇지만 그 시절도 나의 리즈 시절은 아니었다. 아직 아무것도 성취하지 못했고 앞날은 가물가물한 안개 속에 희미했다. 그런 의미에서 내 인생의 리즈 시절은 바로 지금, 이 순간이다. 가정에서나 사회에서 가지고 있던 의무에서 놓여나 내가 하고 싶은 일만 할 수 있고, 하고 싶지 않은 일은 언제나 NO 할 수 있고, 또 NO 할 때 남 눈치를 안 볼 수 있다.

나는 리즈 시절을 즐기기 위해 부나비처럼 이곳저곳을 헤맨다. 새로운 것에 대한 환상과 호기심이 없어지면 나이 먹은 징조다. 끊임없이 하고 싶은 게 무언지, 무엇을 못 해 보았는지, 나중에 후회하지 않기 위해 무얼 해야 하는지 자문하고 있다. 미래의 멋진 번데기가 될 나 자신을 위해 지금도 훨훨 날아다니는 한 마리 화려한 나비다.

한문도 공부하고 수필을 쓰고 독서 모임과 박물관 학교도 나간다. 최근에는 역사 속 잊힌 인물을 하나씩 소설로 형상화하는 꿈을 가지고 있다. 새로 생긴 꿈이다. 꿈을 가지고 있는 한 내 인생 최고 순간은 아직 오지 않았다. Not yet 십 년쯤 뒤, 그 꿈이 성취되는 날, 그때가 내 인생 최고 순간이다.

허광호 ghhur@naver.com
2019년 월간〈한국수필〉등단

대청봉 태극기 앞에 섰던 순간

정화자

 대청봉은 2박 3일 예정이었다. 전문가나 수준이 있는 등산가들은 당일코스로도 하지만 내가 순 초보여서 대원들과 함께 하면서도 우리는 따로 움직였다. 전날 홍천에 가서 자고 둘째 날 새벽 6시부터 한계령 휴게소 뒤로 올라갔다. 정상에는 다른 사람들 보다 1시간이나 늦게 도착했지만 모두들 환호성과 박수로 축하해주었다. 그 순간 온 몸에 전율이 일었다. 정상에 꽂혀있는 태극기 앞에서 사진들을 찍었다. 나도 이렇게 높은 산 꼭대기 까지도 오를 수 있구나 하는 자신감과 희열을 맛보았다. 그 순간은 평생 잊을 수 없고 또 내 생애 한 전환점이 되었다. 마음먹고 하고자 노력하면 무엇이든 할 수 있다는 자신감을 가슴가득 안고 내려왔다. 하산은 지친 몸 탓으로 오를 때 보다 더 힘들어서 설악 동에는 예정보다 2시간 늦게 내려왔다. 내리막길이 더 어려웠다. 나를 챙기느라 남편의 무릎에도 문제가 생겼다. 강릉으로 가기로 된 예정이 결국은 우리만 그곳 설악동에서 하루를 묵었다. 지금 생각해도 꿈만 같았던 날 들이었다.

그 후로 백두산(관광으로) 천지도 감명 깊게 보고, 한라산도 등반해서 백록담도 보고 했지만 대청봉 때의 감흥만큼은 아닌 것 같다.

봉정암은 두 번을 갔었지만 대청봉은 처음이자 마지막이었다. 봉정암 코스는 백담사 까지는 차편으로 가서 백담사 뒤쪽으로 올라갔다. 가는 도중에 오세암도 들렸다. 내려오는 날 함께 간사람 중에는 소청 중청을 거쳐 대청 까지 두 시간이면 갔다 온다면서 가는 사람들도 있었지만 우리는 탑돌이만 하고 그냥 하산했다. 백담사 도착은 거의 비슷했다. 봉정암은 형편껏 시주를 좀 하면 잠자리와 세끼 식사가 해결되었다. 도착하면 저녁을 먹을 수 있고 다음날 아침 일찍부터 아침밥을, 점심은 주먹밥을 주었다.

한 순간 정신 차리고 보니 벌써 팔십이란 나이테가 생겼다. 나이테 하나하나에 얽힌 사연이 얼마나 많을까. 많은 사연들이 잊혀지고 또 생겨나고 그래서 켜켜이 쌓였다. 대체로 가슴 아프고 슬픈 일 보다는 즐거웠고 기뻤던 일 들이 더 많았던 것 같다. 네 아이들이 만들어 안겨준 즐겁고 기쁜 일들을 어찌 다 얘기 할 수 있을까!

그러나 나 자신은 어영부영 나를 찾지 못하고 주변의 상황에 휩쓸리고 떠밀리면서 방황한 날들을 생각하면 내가 너무 한심하다. 중심도 잡지 못하고 살아온 날들 속에서 그래도 최고의 순간을 언젠가 오리라 기대하고 희망이란 이름으로 나를 붙들게 했었나보다. 나는 어떤 날을 기대하면서 살았을까? 어쩌면 다시 오지 않을 최고의 순간이 있었는지도 모르지만 더 화려한 날을 기다리는 마음이 최고의 순간을 느끼지 못했을지도 모른다. 매순간 만족하며 감사하면서 살았다면 이렇게 빈 가슴은 되지 않을 수도 있을 텐데 하는 마음이다. 온전히 가족들과 마음을 같이 하지 못했던 건 아닐까 하는 자책에 가슴 아프다.

돌이켜보면 지금까지의 내 생애에서 최고의 순간은 대청봉 정상에 올라 태극기 앞에 섰을 때였다고 생각된다. 40년 전 어느 날(현충일 연휴였던가?) 이었다.

평소 등산이란 건 몰랐고 걷는 것이라고는 그저 동네주변 산책정도 하는 것이 고작이었다. 대청봉을 가기위한 훈련으로 남편의 권유로 두 달 동안 주말마다 북한산성 능선을 걸었다. 새벽 5시에 집을 출발해서 오후 1시 정도에 돌아 왔다. 도선사

뒤로 올라가서 백운대 비봉 등도 거치고 대성문 대남문 등으로 하산했다. 하루 다섯 시간 이상을 걸었다.

대청봉 등산 뒤로 산에 재미 붙여서 집 뒤 용마 산을 틈나는 대로 혼자 올랐다. 용마산은 바위산이고 경사도 심해서 막내를 데리고 다닐 수 없었다. 강남으로 온 뒤로는 막내가 초등학교 입학 전이라 막내를 데리고 거의 매일 한 시간정도 대모산 구룡산을 다녔다. 동창친구들과 한 달에 한 번씩 북한산 도봉산을 비롯한 서울 근교 산들을 다녔다. 2002년부터는 롯데 트레킹 반에 등록해서 일주일에 한 번씩 따라다녔다. 대청봉 등산이 그 후의 내 인생에 엄청난 변화를 준 셈이다. 지방생활 6년을 빼고는 사십년 가까이 거의 산에 빠졌다고 해도 과언은 아니다. 롯데 트레킹 반 덕택에, 대장님 덕택에 혼자서는 잘 갈 수 없는 전국의 여러 산도 가고 여행도 많이 했다. 산에 오르면서 느끼는 즐거움은 다른 무엇과도 바꿀 수 없다. 함께한 친구들은 평생의 친구가 되었다.

산을 알게 해주고 산과 더불어 살게 해준 남편에게 고마워하고 있으며, 어떻게 순 초짜를 대리고 대청봉을 갈 생각을 했는지 는 지금 까지 의문이다. 대청봉 이후 같이 여행은 많이 다녔지만 산행은 함께 한 적이 없는 것 같다. 건강을 잘 다스리지 못해 산을 즐길 수 있는 생활을 계속하지 못하는 것이 안타깝다.

엎치락뒤치락 롤러 코스트를 탄 것 같은 인생이었지만 내 생애 최고의 순간이 즐겁게 살아갈 수 있는 힘과 버팀목이 되어 주고 있어 그래도 살 만한 인생 인 것 같다.

정화자 woods1000@naver.com
〈리더스에세이〉 등단

마지막 눈물

김무곤

　없다. 내 생애 최고의 순간이라고 대표할 내 생의 이야기가 없다. 오히려 그 기준이 무엇인지 그 평가를 누가 내리는지 그 순간들을 차별하는 건 아닌지 사유하게 된다. 내 마음이 고민 끝에 내린 답은 '없다'로 마무리했다.
　과거를 되새겨봤다. 외로움이 싫어서 살가운 정을 받기위해 선택한 순간들이 삶의 굴곡이 되어 있었다. 빛 같은 사랑과 어둠 같은 고독을 골고루 자주 체험한 탓에 심정도 무뎌져있다. 성실하고 정직했던 언행들과 방황과 쾌락을 탐했던 사건들은 마치 선과 악이라고 다그쳐온다. 기쁨이든 슬픔이든 생생하게 살아있는 몇몇 기억들만 지난 시간의 수확물 같다. 이 모든 이야기들을 내 마음의 판도라 상자에 숨겼다. 나의 부끄러움을 알게 되었기 때문이다. 이처럼 단 몇 줄로 정리되는 나의 인생 살이와 비슷한 타자들도 있겠다. 차이가 있다면 처해져 있던 환경과 주어진 상황이 다르다. 이 기준에서 생애 최고의 순간을 찾아보고 비교했다. 그래야만 온전히 나만의 이야기가 나오기 때문이다. 미화하거나 허세 부리지 않기 때문이다.

위축될 때마다 그리워지는 추억이 있다. 말문이 막 트이던 유아기의 유일한 기억이다. 봄 햇살을 가장 즐기기 좋았던 마루에서 어머니가 과자를 오물오울 씹어서 내 입에 넣어주었다. 너무나 포근했던 환경에서 어머니의 사랑을 듬뿍 받으면서 방글방글 웃었다. 그 모든 촉감은 아직도 나를 펴게 만드는 따뜻함이자 평안함이다. 하지만 인생최고의 순간은 아니었다. 나를 위로해주는 최고의 손길 같다.

불안정했던 나를 바로잡아주었던 사건들이 그 순간일까. 싸움 때문에 유치장에서 하룻밤 지냈다. 전과자가 될까 미래가 사라질까 두려워서 폭력을 멈췄다. 호기롭게 가출했는데 배고픔만 체험했다. 집이 천국이라는 사실을 그제서야 알았다. 성적순을 인격 순위로 매기는 그들이 싫어서 공부를 멀리했다. 하지만 원하는 것을 잡기 위해선 지식과 자격증이 필요하다는 걸 뒤늦게 깨닫고 허겁지겁 책을 들었다. 대가를 꼭 치르고야 고치던 그 순간들은 미숙한 아이가 겪은 최고의 체험학습 같다.

처음이 그 순간일까. 첫 경험,첫 결혼, 첫 직장, 첫 여행 등등 성인식을 치르는 초야의 밤처럼 흥분되고 떨리고 감격했다. 당시에는 최고인줄 알았다. 그러나 첫 이별, 첫 이혼, 첫 사표, 첫 좌절 등의 결과를 되풀이 시키는 내가 있었다. 매순간 처음처럼 기쁘고 슬펐다. 아예 다시 시도조차하기 싫었던 때도 있었다. 이제는 이것도 살아 있기에 느끼는 감정들이라서 버릴게 하나 없는 첫 생명의 순간이다.

암수술을 마친 아버지의 손을 내가 먼저 잡았던 생애 첫 화해는 아직도 울컥한다.

일본에 잠시 머물 때였다. 히로시마로 급히 가서 마지막을 앞둔 이모와 한국의 어머니와 전화통화 할 수 있는 기회를 만들었다. 두 분의 진한 목소리와 눈물은 아직도 먹먹하게 만든다. 아직도 소년이고 소녀인 그 눈빛들이 더 빛나게 울렁거릴 때

불효했던 기억들이 몰려들었다. 마냥 아들이고 싶었던 욕심을 알게 한 순간이다.

가장 암울했던 시기가 있었다. 뜻밖에도 생의 무게가 가벼워진 느낌이어서 활짝 웃었다. 인생최고의 순간이라고 선택할까 머뭇거릴 정도로 스스로 변하게 해준 시공간이다. 내가 진짜 내 모습을 알고 솔직히 인정하고 반성하는 순간이 생애 최고의 기회였다.

지금껏 내 생애 최고의 기억들은 체험학습처럼 매번 처음처럼 불현 듯 깨달음처럼 되풀이 되고 있다. 더 이상 부끄럽지 않게 살아가는 순간순간을 만들려고 노력하게 만들었다.

내 인생최고의 순간은 내가 마지막 숨을 거둘 때 같다. 처음이자 마지막으로 태어나서 중도에 포기하지 않고 끝까지 살아온 것이 얼마나 대단한가.

내 삶의 색채처럼 형형색색 노을 진 바다에서 기쁨과 슬픔 모두 다 털어내고 별이 뜨길 기다리겠다.

마지막 눈물 한 방울 흘리면서 이승의 수고를 떨궈 놓고 부모님의 품으로 갈 것이다. 축복처럼.

김무곤 irismiel@naver.com
2019년 〈리더스에세이〉 등단

신나는 시한부

박용주

췌장암 4기 진단을 받은 39세 여성 환자가 나오는 드라마를 봤다. 췌장암 4기라는 의사의 말에 "4기면 살 확률이 얼마나 돼요?"라고 차분히 묻는 그녀. "4기면 살 확률이 0.8% 정도라고 하긴 하는데요" 오히려 의사가 머뭇거리며 말한다. "내 손으로 밥도 먹고 내 발로 화장실 가고 그럴 수 있는 날이 얼마나 돼요?" 다그치며 묻는다. "항암치료 하시면 1년 아니면 6개월 정도 예상합니다" "항암치료 안 할래요" 단호하게 한마디 내뱉으며 진료실을 빠져나와 버린다.

병실에만 있다가 죽기 싫다는 이유다. 그녀는 하루를 살아도 평범하게, 내 손으로 밥도 먹고 내 발로 화장실 갈 수 있는 날까지 살고 싶어 한다. 남아 있는 시간 동안 신나게 놀기로 했다. 아쉬운 거, 못했던 거, 하고 싶은 거, 마음껏 다하고 놀기로 하고, '지구에서 역사상 제일 신나는 시한부'가 되기로 한다. 그리곤 친한 친구들과 팝콘을 먹으며 늘어지게 텔레비전 보기. 멋진 옷을 입고 화장을 예쁘게 하고 처음으로 나이트클럽 가기. 오디션을 보고, 하고 싶었던 연기하기, 사랑하는 부모님 가게에 편히 쉴 수 있는 공간을 마련하는 것처럼 자기가 사랑하는 사람들이 잘 살아가기를 바라는 마음으로 할 수 있는 일도 한다. 자신의 장례식에 왔으면 하는 사람을 미리 만나 밥을 먹으며 고마웠고, 감사했다고 인사를 한다.

드라마를 보는 내내 생각했다. 갑자기 6개월만 살게 된다 생각하니 너무 짧다. 그래도 한 번쯤은 미리 생각해보고 마음을 정리해 보는 것도 좋을 듯하다. 인간이 죽음을 앞두고 부정, 분노, 타협, 우울, 수용의 다섯 단계를 겪는다는데 그녀가 택한 것은 수용이다. 퀴블러로스에 의하면 모든 사람이 수용단계까지 가지는 않는다. 부정이나 분노단계에서 생을 마치기도 하고 타협이나 우울에서 생을 마감하는 경우도 있다고 한다. 드라마에 나오는 그녀는 너무 쉽게 수용의 단계로 넘어간다. 드라마가 추구하는 주제를 더 잘 말하기 위해 수용의 단계까지 가는 과정은 짧게 표현했나보다.

'6개월만 산다면' 생각조차 하기 싫다. 내 손을 꼭 필요로 하는 일이 적어지고, 이제 겨우 시간 부자가 되었는데 그런 상황을 맞고 싶지 않다. 복을 누리며 오래 살고 싶지만, 만약 그렇게 되지 않는다면 슬프지만 어쩔 수 없는 일이다. 선택은 내게 달려있다. 상황을 받아들이고 평정한 마음으로 마지막까지 내게 닥친 일을 감당하고 싶다. 그러려면 아마 마음을 아주 크게 가져야겠지.

항암치료를 하는 것이 어떤 것인지 안다. 이미 큰 병을 앓으며 육체의 힘듦뿐 아니라 마음으로도 부정, 분노, 타협, 우울, 수용의 과정을 뒤죽박죽 겪기도 했다. 모든 걸 수용했나 했는데 분노가 치밀고, 그리고 타협하고, 우울한 과정을 반복하기도 했다. 충분히 느끼고 겪었기에, 아팠던 것을 되풀이해서 생각하며 과거에 머물고 싶지 않다. 드라마를 보며 모든 것을 수용하고, 하고 싶었던 것을 하며 신나게 살기로 한 그녀가 '신나게 살기도 어렵다' 혼잣말하는 걸 보고 피식 웃음이 나왔다. 어떤 마음에서 그러는지 공감했기 때문이다.

드라마의 그녀와는 달리 나는 하고 싶은 것보다 이미 했던 것에 의미를 두겠다. 딸과 둘이서 갔던 런던, 프라하, 벨기에에서의 여행과 미국에서 생활을 다시 추억하고, 아들과 둘이서 갔던 해운대, 제주도, 강릉을 생각하겠다. 남편과 다녔던 유럽의 곳곳과 지금도 가끔 가곤 하는 청평과 강릉, 속초, 해남, 남해를 생각할 것이다. 이미 많은 곳을 여행했고, 그동안 여행의 경험으로 어떤 곳이든 그곳의 분위기, 햇볕, 냄새까지 상상할 수 있다. 충분하다고 생각하면 이미 충분하다. 눈을 감으면 브뤼헤의 성당을 떠올릴 수 있고 그곳의 냄새를 느낄 수 있다. 하이디가 있는 알프스도, 런던도, 파리도, 로마도… 그 어떤 곳도 상상할 수 있다.

6개월이라는 제한된 시간을 가졌지만 그런데도 시간에 쫓기지 않고 느긋하게 지내야지. 느긋하게 샤워 물줄기의 강도를 느끼고, 비누향기를 맡고, 설거지할 땐 설거지에, 음식을 만들 땐 요리에 온전히 집중하겠지. 사과를 먹을 땐 감촉과 사각거리는 소리를 듣겠지. 설거지를 하면서 손에 닿는 물의 온도를 느끼고, 그릇이 부딪치는 소리, 조심스레 그릇을 만지는 손의 움직임을 느끼겠지. 그런 생각을 하니 내 집에서 내가 먹을 그릇의 설거지를 내가 할 수 있고, 내가 먹을 음식을 준비할 수 있는 것만으로도 얼마나 좋은 일인가를 깨닫는다. 다시는 없다고 생각하면 평범한 일상도 새롭다.

화분에 물을 주고, 빨래를 하고 건조기에서 꺼낸 빨래의 따뜻한 감촉을 느낀다. 드라마를 보며 깔깔 웃고, 공감하고, 눈물을 흘리고, 음악을 듣는다. 짧은 시간이라도 산책을 하고 산책길의 나무를 만나고 인사를 한다. 있는 그대로의 자기 자신으로 살기만 했을 뿐인데 다른 사람에게 행복감을 주는 이 식물들을 보는 것은 기쁨이다. 서로에게 도움이 되게 너의 생각과 나의 생각을 잘 조율해야지. 힘을 빼고 많이 웃어야지.

드라마 덕분에 상상의 나래를 폈다. 췌장암 4기가 아니더라도 기껏해야 100년인 시한부 인생을 살고 있다. 나의 결핍을 보기보다 내가 가진 것을 보고 마음껏 누리고 싶다. 산책길에 있는 나무처럼 신이 주신 생명을 낭비하지 않고 살아간 것만으로도 가치 있다. 하이디가 놀던 곳으로 가는 것도, 미국에 가는 것도 마음만 먹으면 갈 수 있는 지금 이 순간이 얼마나 좋은 순간인지. 어떤 부족함도 결핍감도 느끼고 싶지 않다. 아무것도 더 바라고 싶지 않다.

　　박용주 mooiyongjoo@naver.com
　　2020년 월간〈한국수필〉등단

태조어진 잠입 취재

지우 김태희

2010년 11월, 전주 경기전에서 망궐례가 재현되었다. 태조어진 전주봉안 600주년과 어진박물관 개관을 기념하기 위해서였다. 동시에 전주MBC 라디오에서는 특집 '왕의 초상' 앵콜 방송이 흘러나오고 있었다. 가만히 듣고 있자니 가슴이 벅차올랐다.

나는 지역문화 보전에 관심이 깊었던 취재자이자 제작자로서 태조어진에 특별한 애정이 있었다. 그랬다. 나는 서울로 떠나간 어진의 지역반환에 몰두하고 있었다. 한참 취재에 열중하던 시기엔, 틈만 나면 전주 한옥마을과 경기전을 돌아다녔다. 지역문화계와 학계 지인들을 만나는 일에 시간을 쏟았다. 두터운 취재수첩은 빠르게 빼곡해졌다. 뭐랄까, 열정이랄까? 남이 시키지 않아도 재미있었고, 사명감이 충만했다. 그 시절, 나는 자주 꿈속에서도 태조어진을 만나곤 했다.

2005년, 전북문화계에는 문화재 훼손에 빌미가 될 만한 큰 사건이 하나 터졌다. 전주이씨 대동종약원은 2000년 3월, 경기전에서 '분향례'라는 제사를 거행하던 중, 창호문을 넘어뜨리는 실수를 저지른다. 이 일로 태조어진의 한 쪽 면이 훼손되었는데, 이 사실을 쉬쉬하며 숨기다가 5년이 지난 후에 밝혀지게 된 것이다.

이 사건이 빌미가 되어 지역에서 600여년의 긴 세월을 지역민과 함께 한 태조어진은 서울 경복궁 옆 고궁박물관으로 떠나게 되었다. 지역문화계에서는 태조어진 관리 소홀에 대한 지적과 한숨소리가 날로 높아갔다. 어진 전주반환은 이제 물 건너가는 게 아니냐는 걱정도 깊어졌다.

나는 방송국 타이틀을 내걸고 당시 문화재청장이었던 유홍준 청장에게 '어진반환 무기한 연기'에 대해 인터뷰 요청을 줄기차게 했다. 그는 쉽게 만나주지 않았다. 그렇다고 포기할 수는 없었다. 지역문화계의 역사성, 그리고 후손들에게 고스란히 물려줘야한다는 사명감이 솟아올랐다. 결국 우리 취재팀은 계속 인터뷰를 거부하는 유청장을 직접 만나러 가기로 결정했다. 새해를 맞는 문화재청 공식행사인 '2006년 신년하례회'날을 D-day로 정했다. 새벽차에 몸을 싣고 서울로 올라갔다. 우리는 초대 받지 않은 손님이었다. 당연히 행사장에 들어가기 어려웠다. 우리가 택한 방법은 미리 들어가 숨어있는 것이었다.

　우여곡절 끝에, 행사장에서 만나게 된 유청장은 우리 취재팀의 신분을 알자마자 남자화장실로 줄행랑을 쳤다. 취재팀이 따라 들어가고, 남자 화장실이라 나는 멈추고 말았다. 안타까웠다! 유청장이 도망쳤다! 물론 그의 입장에서는 당시 새로 지은 서울 고궁박물관에 우리나라에 유일하게 남아있는 '태조어진 진품'이 필요했을 것이다. 자신의 속마음을 드러내진 않았지만 지역학계와 취재자였던 나는 그의 속마음을 직시하고 있었다.

　안에서 '전주MBC 취재팀'을 왜 들여보냈냐?"며 아랫사람을 호통치는 소리가 들렸다. 보디가드로 보이는 사람들이 우리 팀을 밀치고, 소리치고 그런 아우성이 없었다. 10분 쯤 지났을까 더는 도망갈 곳이 없었는지 유청장이 보였다. 환희의 순간이었다.

　"문화재는 있어야 할 곳에 있어야 더욱 그 가치가 높아지지 않겠습니까?"

　유청장에게 고래고래 소리 질렀다. 어디서 그런 용기가 나왔는지, 지금 생각해봐도 후후 웃음이 나온다. 결과는 성공적이었다. 그 취재물은 3일 동안 전주MBC 뉴스데스크 기획시리즈물로 지역방송국을 통해 낱낱이 공개되었다. 더 나아가 '어진 전주반환 시민 서명운동'이라는 시민운동으로 연결되는 초석이 되기도 했다. 취재자로서의 진정 뿌듯한 순간이었다.

취재 땀방울과 시민운동이 결부되어 결국 태조어진 전주반환은 결정되었다. 그뿐인가, 태조어진은 국보로 승격되었고 전주한옥마을에 어진의 체계적 관리를 위해 어진박물관도 개관했다. 무형문화유산 전주건립도 이때 성사되었다.

드디어 태조 어진은 2008년 가을, 전주로 돌아왔다. 그 안착을 기념하기 위해 나는 취재에 이어 특집다큐멘터리를 제작했다. 특집 '왕의 초상'은 지역에 탯자리를 둔 태조 이성계 어진의 '떠남'과 '돌아옴'의 과정을 엮은 3년여의(2006~2008) 기록이다. 태조어진 전주반환을 축하하기 위해 지난 2008년 12월 연말특집으로 방송된 바 있다. 게다가 전주봉안 600년을 맞이해 앵콜 방송까지 되고 있으니 어찌 기쁘지 않겠는가.

생각해보면 숨 막히고 초조했던 잠입취재였다. 그런데 다시 그 순간이 오면 내가 그렇게 소리칠 수 있을까? 현장을 떠난 지금도 좀처럼 잊을 수 없는 순간이기도 하다. 끝까지 포기하지 않았던 그날, 살면서 또 이런 치열함이 주는 기쁨을 느낄 날이 올까? 방송 일을 그만 두고 퇴직을 한 지금, 돌아갈 수 없는 그 때는 내 인생 최고의 순간으로 남아 있다.

*참조: 망궐례- 궁궐이 멀리 있어서 직접 왕을 배알하지 못할 때, 멀리서 궁궐을 바라보고 행하는 유교의례.

김태희 fmsori2@naver.com
〈한국수필〉 등단

존재하는 그 순간

박민재

인천대교를 지나는데 서쪽 바다에 걸려있는 물든 노을이 참으로 곱다.

마치 인생 경계선상의 교차점 인양 수평선과 맞닿은 하늘 가득 펼쳐져 있는 붉은빛이 신비롭고 오묘하다. 떠오르는 태양 못지않게 지는 노을의 아름다움이 새삼 느껴지는 건 삶의 결실기에 들어선 탓일게 다.

친구들이 모이면 어떻게 살아야만 품격 있는 황혼을 보낼까가 늘 관심사다. 여인의 60대는 시든 꽃과 진배없다. 신체 곳곳이 고장 신호를 보내오면 멋진 치장도 한갓 마른 허물일 뿐이라 여겼다. 막상 인생 마지노선에 서 있는 나이가 되어보니 하루해가 짧다고 느낄 축복받은 삶인 것이 여간 다행스럽지 않다.

 라인댄스가 상쾌한 아침을 열어준다. 젊은 사람들과의 만남에서 그들의 사고나 배울 점은 귀에 담아둔다. 버킷리스트에 올려만 두고 망설이던 수채화에 입문, 동호회 전시회까지 열면서 자긍심이 충만하다. 저문 나이에 수필가가 된 건 가장 값지고 뿌듯한 일이다. 글쓰기는 뇌 활동을 활기차게 해준다. 글을 쓰지 않았다면 살아온 지난날을 돌아볼 기회조차 없었을 것이다. 온갖 마음을 아낌없이 이해하고 받아주는 내 글이 있어 행복하다.

 걷기를 하면서 길 위에서 만난 사람과의 나눔도 즐겁다. 살아가는 저마다의 풍경이 그려지고 다른 방식의 삶을 발견하고 알아가는 수확이 나름 쏠쏠하다. 새로운 것에 도전할수록 더 나아짐이 확인되는 기특함에 나에게 칭찬을 아끼지 않는다.

 이러한 변화는 우연히 책 카페에서 만난 한 권의 책 덕분이다.

 50세 이후 인생 후반기에 들어서면 도전하기에 늦었다고 포기하는 경우가 대부분이다. 나이의 경계선을 그을 수는 없지만 무언가를 하기에 너무 늦은 나이란 없다는 에릭 뒤낭의 말에 귀가 솔깃해졌다.

 그 역시도 54세에《50세에 빛나는 삶을 살다》첫 번째 책을 발표했다.

책 안에는 50세 이후 빛을 본 30인의 인생 열정을 얘기하고 있다. 그들을 읽으면 멋진 노후를 꿈꾸게 하고 도전할 힘을 내게 한다. 살면서 반드시 가까이할 친구가 있다면 그것은 용기일 것이다. 이 책을 발견한 건 삶의 의미를 찾지 못해 방황하던 내게 큰 행운이었다.

그의 책에 등장하는 주인공들은 평균 수명이 70세 전후였던 시대에 살았던 사람이다. 그들은 남들이 일에서 은퇴할 나이에 다시 새로운 일에 도전했다. 금색 체인으로 끈을 감은 고급스러움, 하나쯤 갖고 싶은 명품 샤넬 가방. 샤넬 19를 런칭하면서 다시 대성공을 거두었던 코코 샤넬의 나이는 71세였다. 생애 마지막까지 그녀는 에너지, 의지, 열정으로 넘쳐났다.

레베카로 유명한 알프레드 히치콕은 61세에 '사이코' 영화를 찍었다. '새'를 포함 역대 최고의 스릴러영화 100선 중 아홉 편이 50살 넘어 발표했다.

아리마티스는 '방스에서 창작을 하던 중에 마침내 나 자신이 깨어났다'라고 고백했다. 그의 나이 82세였다. 1년 후 더이상 그림 그릴 기력조차 없어지자 데쿠파주 연작에 새롭게 도전했다. 데쿠파주는 조각가가 돌을 쪼개듯 종이나 헝겊을 오려내어 색을 칠하거나 색을 칠할 종이를 오려서 미리 준비한 다른 종이 표면에 붙여 장식하는 작품이다. 얼마나 대단한 의지인가. 이야말로 나이는 숫자에 불과하다. 인생선배로서 존경심이 절로 우러난다.

학교 선배는 교사로 퇴임하고 고궁 해설사로 제2의 인생을 산다. 자기의 지식을 나누고 봉사함으로써 삶의 보람을 느끼고 있다. 해설사로 일하면서 보고 느낀 생각, 사람과의 관계, 대화 속 이야기를 책으로 낼 예정이란다.

'나이 들어간다는 것은 다른 생명의 성장을 돕고 경험을 전달하며 인생의 또 다른 가능성을 만들어가는 것'을 의미한다는 빌헬름 슈미트 철학자의 말이 선배를 보면 충분히 공감된다. 자기만의 향기를 낼 수 있다는 건 그만큼 삶을 소중히 여기며 책임 있게 살아온 사람이라 생각한다.

무심히 지나치던 길섶의 풀꽃이 이쁘게 눈에 들어온다. 세찬 바람조차 지나치는 인연이라 너그럽게 여겨진다. 아직은 무언가를 선택하여 향기를 낼 수 있는 남아있는 시간이 감사하다. 자신을 성찰할 수 있다는 것, 이 또한 나이 듦의 미덕이라 자위해본다.

자기가 원하는 삶을 살며 존재하는 그 시간이 행복하다면 그것이 바로 생애 최고의 순간이 아닐까.

박민재 nabi410@hanmail.net
2020년 월간〈한국수필〉등단

그 때가 내 인생 최고 였어

그 순간이 올 때

박경서

　나의 평생에 일어났던 일들 중에서 내 뜻대로 되었던 일은 없다. 펼쳐지는 운명은 내 의지와는 다른 어떤 더 깊은 뜻에 의해 이끌려 가고 있다는 것을 어느 시점 이후로는 깨닫고 있었다. 그리고 나는 내 의지가 아닌 그 깊은 의지에 순응했고 내 뜻을 내려놓았었다. 그 이후 조금씩 평화로워지기 시작했다. 그리고 이 세상이 아닌 다른 차원의 세계에 나의 영역이 형성되어간다는 느낌을 받기 시작했다. 그 곳은 내가 가야할 세상이고, 영원히 머무르게될 것이고, 평화를 누리게 될 것이라는 것을 알았다. 내 뜻과 완전한 깊이의 그 뜻이 합일을 이룰 때 우리의 세계는 완성되는 것이다. 그것은 완전한 세계이다. 불완전한 이 세상과는 완벽하게 다른곳이다. 그 곳으로 가는 것이다. 나는 환희로 벅차다. 최고의 순간이다. 어쩌면 나는 18살 이후로 그 순간을 기다리며 살아왔는지도 모른다.

누워있는 내 곁에 사람들이 둘러싸여 있다. 모두 이 상황을 받아들이기 당혹스러워하고 슬퍼하고 있다. 특히 남편은 굳은 의지로 나의 마지막을 받아들이려 안간힘을 쓰고 있다. 나를 만난 이후로는 남편의 생활 속에서 내가 차지하는 비중은 너무나 컸기 때문에 나를 떠나보낸 이후의 삶을 상상하는 것조차 그에게는 벅찬 일이다. 하지만 평소에 내가 먼저 떠날 경우를 대비해 나를 보내준 후 따라오라고 늘 말해두었기 때문에 그렇게 하려고 무척 노력하는 중이다. 딸들이 울고 있다. 특히 유달리 엄마에게 집착하는 둘째 딸이 걱정이다. 하지만 딸들도 이제는 중년이다. 부모의 죽음을 받아들일 수 있는 나이이다.

나는 평안하다. 생전의 그 어느 순간보다 더 평화롭다. 나는 늘 내세를 기대했다. 그 밝고 환한 세상을 철이 든 이후 신앙을 갖게 된 이후부터는 언제나 사모하면서 살아왔다. 이제 그곳으로 갈 수 있는 순간이 왔다. 가족들과의 잠깐의 이별이 슬프기는 하지만 나는 행복하다. 이 세상에서는 상상할 수도 없을 어마어마한 기쁨의 세계가 기다리고 있을 것이다. 그곳에서 나는 내가 그렇게도 고대하던 구세주와의 합일을 이룰 것이며 먼저 그곳으로 간 친구들과도 만나 우정을 나눌 수 있을 것이다. 이 세상에 살면서도 행복을 느낄 때가 있었다. 하지만 그 곳에서의 행복은 이 세상의 것과는 비교할 수가 없다. 이제껏 우리가 상상했던 것 그 이상이 거기에는 있기 때문이다.

이 세상에서 한 생애를 살아낸다는 건 만만치 않은 일이다. 누구에게나 자기만의 십자가가 있어서 그 짐을 져야만 하고 우여곡절이 없는 인생은 없다. 그 과정을 다 겪어낸다는 것은 수고로운 일이다. 그 짐을 다 지고 난 이후에 이제는 떠날 수 있다는 것은 설레이는 일이다. 삶을 여행이라고 했던가? 어려운 여행을 마치고 이제 환희의 여행을 떠나는 순간은 감격이다. 훨훨 날아서 가자!

나의 숨이 잦아든다. 호흡이 멈추려 한다. 이 세상에서의 마지막 호흡이다. 남편과 딸들이 서럽게 흐느낀다. 안쓰럽다. 내가 이토록 자유롭고 기쁘다는 것을 알려주면 좋으련만…. 나의 마지막 얼굴 표정을 보고서라도 내 기쁨을 짐작해 주었으면 좋겠다. 그리고 오래 슬퍼하지 말고 우리가 함께 기쁨 속에서 만날 시간을 기대하며 지냈으면 좋겠다.

멀리서 빛이 비춰오기 시작한다. 나는 스르륵 그 빛을 향해 가고 있다. 좋은 향기가 난다. 너무나 밝고 환하지만 눈이 부시지는 않는다. 편안한 빛이다. 나는 이렇게 내 생애 최고의 순간을 맞이한다.

박경서 sailormn728@hanmail.net
2021년 〈리더스에세이〉 등단

아들의 의대입학

한만희

　1997년 2월초 어느 날 그날도 집사람이 보내준 영양선식으로 아침을 마치고 엎드리면 코 닿을 곳인 교육원으로 출근을 하려는데 서울 집사람으로부터 전화가 왔다. 여간해서 흥분하지 않는 집사람인데 그날은 약간은 들뜬 목소리였던 걸로 기억된다. 아들이 한양대 의대에 합격했다는 연락이 왔다고 한다. 그 소식을 듣는 순간 나는 기쁨에 전율하였고, 반사적으로 정말이야, 확실 한 거지 하고 반문 하면서 형언할 수없는 기쁨으로 잠시 눈시울이 붉어졌다.
　아들이 의대에 합격함으로서 3남매가 모두 의대에 합격한 쾌거를 달성하였으니 여간해서는 희노애락을 잘 나타내지 않는 나였지만 그때만은 어디 가서 크게 웃고 싶었다.

착하고 성실해 중고등학교 때에는 전교 수석을 하고 졸업 후에는 당시 그 어렵다는 한의대에 차석으로 합격하고 입학 후 계속 장학생이 된 큰누나와 순발력 빠르고 예지력은 뛰어나나 성적에서는 항상 언니한테 뒤져 이를 악물고 공부해 중고에서 항상 상위권을 유지하다 치대에 입학한 작은누나의 기지 앞에 항상 눌려 기를 피지 못한 아들이었다. 사할린에 와서 러시아 원주민 집에 하숙을 하며 공부하고 돌아가 나름대로 최선을 다해 특례입학으로 치열한 경쟁력을 뚫고 의대에 합격해 누이들과 어깨를 같이 할 수 있다는 게 너무나 기뻤다.

IQ가 3남매중 제일 높아 능력은 되고 남는 것 같은데 열정과 노력이 부족해 집사람과 나의 아픈 손이 되어 지난 3년 동안 은근히 걱정과 염려를 했다. 사할린에 와서도 염려로 속이 타는 엄마 애비의 마음을 아는지 모르는지 때로는 너무 느긋한 아들의 태도에 화가 나기도 했는데 그런대로 2년의 어려운 이곳 생활을 마치고 돌아가 1년을 노력해서 희망대로 되었으니 그간 누구에게도 말 못하고 혼자 끙끙대던 내 가슴의 응어리가 봄비에 눈 녹듯 했다.

내가 너무 좋아 싱글 벙글했는지 출근하자 비서와 성선생이 원장님 무슨 좋은 일 있느냐고 묻는다. 숨길 일도 아니고 그들도 아들을 알기에 사정이야기를 했다. 아들 둘을 데리고 와 같은 길을 가고 있는 성선생이 자기 일처럼 좋아한다. 그 후 그들이 오가며 소문을 냈는지 적지 않은 사람들이 만날 때 마다 축하의 인사를 해주어 한동안 나는 인사 받기 바빴다.

누구나 일생을 살면서 인생에 한번 혹은 여러 번 최고의 순간을 갖고 맛본다. 단지 그 최고의 순간이 어떤 성격의 것이었는지가 문제일 뿐 누구든 경험한다. 대부분의 경우 자기가 원해서 최선을 다해 노력 하고 결과 목표를 달성 하였을 때 우리는 최고의 순간을 맛본다. 어떤 경우에는 그 순간은 멋모르고 지나 보내고 나중에 그 때가 내 생애 최고의 순간이었구나 하고 뒤늦게 깨닫기도 한다.

세월이 지나고 보니 여러 번 나에게도 즐거웠던 순간들이 많이 있었고 그중 크게 기뻤던 일들을 손꼽아 보니 열 건은 넘는 것 같다.

무단가출 해 신문 배달 등의 고학으로 어렵게 고등학교 과정을 마치고 그해 처음 실시한 대학입학국가고시에서 괜찮은 성적을 얻어 생각도 안했던 대학에 입학한 일이 처음으로 맛본 큰 기쁨이었던 것 같다. 대학을 졸업한 것 보다 2년의 군사교육과 훈련을 마치고 소위로 임관하였을 때 더 가슴 벅차도록 기뻤다. 지긋지긋한 고학생활을 끝내고 어엿한 직장을 갖는 다는 게 행복했던 것 같았다.

그때 일반적으로 군대 생활이 힘들기는 해도 위험하다는 이야기는 없었다. 3개월의 교육과 훈련을 마치고 전방 GOP부대의 AP장, CP장, GP장을 할 때 4대 군사노선의 준비를 마친 북괴가 전후방에 걸쳐 습격과 침투를 자행해 많은 피해를 보았다. 그래서 그 시기에 전방에서의 소대장 생활은 힘들었고 위험했다. 그런 악조건 속에서 소대장을 거쳐 대대참모 중대장등 4년의 힘든 과정을 무사히 마치고 돌아 올 때 기쁨으로 가슴이 벅찼다. 험지에서 무사히 군복무 마치고 건강한 몸으로 돌아오는구나 하는 안도의 기쁨이었다.

제대 후 공립중등교사 공채 고시에 합격하여 중학교 교사가 되었을 때도 기뻤고 그 후 비교적 안락하고 평화로운 교사로서의 직장 생활이 너무나 즐거웠다. 적의 습격, 지뢰폭발 총기의 오발 등으로 삶과 죽음이 교차하는 긴장된 생활의 연속이었던 군 생활로 부터 해방되어 평온한 생활을 한다는 게 너무 행복했다.

더구나 취업이 해결되자 오랜 연애 끝에 지금의 아내와 결혼한 것도 물론 큰 기쁨이었고 결혼 1년 후 큰딸이 태어나고 그렇게 갖고 싶었던 집을 사서 이사한 것도 큰 기쁨이었다.

20여년의 교사생활 후 장학사 선발 고사에 응시했고 그리고 합격 통보 받은 후 합격증을 들고 고향 부모님 산소를 찾아가고 할 때는 만감이 교차했다.

교육청에 근무하면서 쉽게 해외 파견 공문을 접했기 때문에 러시아사할린한국교육원장 선발에 쉽게 응시하였고, 합격 후

파견되어 4년을 근무할 수 있었다. 그리고 덕분에 아들에게도 특례입학의 기회가 주어졌다.

  교육원장 근무하고 돌아와 교육청에 근무한 후 교감과 교장으로 승진 할 때도 퍽이나 기뻤다. 시골일이 싫고 고등학교 가고 싶어 무단가출하여 갖은 우여 곡절을 겪은 끝에 수도 서울 교육청의 장학사가 되고 교감을 거쳐 강남의 중학교 교장으로 승진한 기쁨을 어찌 말로 형언 할 수 있으랴마는 지나고 생각해 보니 그래도 최고의 순간은 아들의 의대 합격 소식을 듣고 거의 몇 달 동안 가슴 벅찰 때 였던 것 같다.

  한만희 beehan@hanmail.net
  2021년 리더스에세이 등단

열정의 시간들

김윤정

사순절 무렵 성당에서 내어준 문제를 받아왔다. 신자들에게 성경에 관한 공부도 시킬 겸 신앙생활 점검을 위해 마련한 일종의 행사였다. 큰 시험지 2장에 앞뒤로 띄엄띄엄 대여섯 문제가 출제되어 있었다.

집에 오자마자 성경책을 이리저리 찾아 읽으며 답을 쓰느라 밤을 꼬박 새우다시피 했다. 어쩌다 보니 시간이 가는 줄도 모르고 새벽까지 문제지를 붙들고 있었다. 칠천 명이 넘는 교우였지만 가구당 한 부씩 나누어 주었고 대략 오백오십 가구가 제출했단다. 나는 어쩌다 우수상을 받았다. 신부님의 말씀으로는 최우수 2명을 뽑고 도저히 떨어뜨릴 수 없는 사람 열 명을 더 뽑았다고 했다. 그 열 명 중에 들어간 것이었다. 평소에 상을 잘 받는 일이 없어서 조금 놀랐다. 성당은 하느님이 계시는 곳이라는 생각이 들어 진심으로 무엇이든 열심히 해야 할 것 같았다. 답을 쓸 때도 마치 하느님이 앞에 있는 것처럼 벌벌 떨면서 답을 썼다.

중학교에 들어가 얼마 되지 않았던 어느 날 처음으로 갔던 성당이었다. 제대 앞에 있는 큰 십자가를 바라보는 순간 나도 모르게 얼어버렸다. 옆에서 이것저것 설명해 주시던 수녀님의 목소리가 하나도 들리지 않아 나중에 무엇을 물어보았는데 아무 대답도 못했다. 참으로 멍청하다고 생각했을 것이다. 그때부터 무엇에 사로잡힌 듯 성당에 다니고 싶다는 생각을 하기 시작했다. 그러나 어떻게 하면 다닐 수 있는지 몰랐다. 집에서는 아무도 다니지 않는 성당을 7년을 기다려서 겨우 세례를 받았다. 그리고 또 7년을 기다려 견진성사를 받았다.

너무 간절하게 기다린 시간이어서 7년이란 숫자를 두 번이나 기다린 것이 무슨 의미를 지니는 것처럼 생각이 들기도 했다. 아무리 귀한 것이라도 그저 주어지면 귀한 줄 모르는 것처럼 기다림의 시간이 필요한 것이었는지도 몰랐다. 태어나 보니 세례를 받았고 집안 식구들 속에서 묻혀 그럭저럭 성당에 다니는 친구들을 보면 참 복도 많구나 싶기도 했다. 너무나 오래 기다리면서 가고 싶었던 성당이었기에 세례를 받자마자 단체 활동에도 가입하고 보는 것 듣는 것 모두가 신기해서 모든 것들이 체험되는 시간이었다.

　내가 가입한 청년 레지오는 병자방문과 죽은 사람들을 위해 연도를 바치는 것이 대부분이었다. 집에서는 내가 그런 곳에 다니는 줄은 꿈에도 모르고 있었다. 아마 알았으면 절대 가지 못하게 했을지도 몰랐다. 그날은 어떤 할머니가 아파서 병원에 입원했다는 말을 듣고 혼자 기도를 해 드리기 위해 길을 나섰다. 병원 이름과 허리디스크로 입원했다는 것만 알 뿐 환자 이름과 호실도 모르면서 그냥 버스를 타고 길을 나선 것이었다. 나는 가끔 너무나 단순하고 무모한 용기를 내곤 했는데 그때도 그랬다. 아무 거침없이 발길 닿는 대로 갔고 무사히 병원에 가서 할머니께 기도를 해 드리고 왔다. 그 병원은 나중에 알고 보니 본관과 별관이 구분되어 있었다. 몇 층인지도 모른 체 엘리베이터를 타고 올라가다 적당히 내려서 마침 복도 중앙에서 근무하고 있는 간호사에게 할머니 디스크환자가 계시는 방이 어디냐고 물었다. 그리고 간호사가 복도 맨 끝방이라고 일러 주는 대로 그곳으로 들어가 할머니를 위해 기도를 해 드리고 돌아왔다. 지금 생각해도 참으로 기적 같은 일이었다.

　우리는 매주 회합을 할 때마다 그 주일에 어떤 활동을 했는지 보고를 했다. 당연히 할머니에게 가서 기도한 것을 활동으로 보고했고 할머니가 일주일 만에 퇴원하게 된 사실도 알게 되었다. 한동안 그렇게 기도할 때마다 기도의 응답을 받는 것처럼 사람들의 병이 낫기도 하고 어떤 할아버지는 누군지 모르지만, 기도 덕분에 그날 밤 고통 없이 편안히 잠을 잘 수 있었다면서 다른 사람을 통해서 다시 한번 와 달라는 말을 듣기도 했다. 그럴 때마다 사람들에게 체험 이야기처럼 재미있는 이야기를 들려주기도 했다.

어언 사오십 년이 흘렀다. 돌아보면 기적 같은 시간이었다. 지금까지 삶의 뿌리가 되어준 모든 것들이 그때의 짧은 기간 동안 체험한 것들이 많은 힘이 되었다. 무엇에 이끌리듯 열정을 다하던 시절이어서 아름다운 추억처럼 내 생애 가장 빛나고 아름다웠던 시간이 아니었을까 생각된다.

김윤정 ygim2606@gmail.com
2022년 〈리더스에세이〉등단

7 … 2012년, 2016년

-어떤 일에 열정적으로 몰입하고 실력을 갖춰 문을 열면 최고의 순간이 들어선다 -

-수필 품안에서 작고 아름다운 아이 미농이 편안히 기대고 있다.
그 모습을 바라보며 무럭무럭 자라는 모습을 그리며, 꿈을 먹는 행복한
문학의 남자가 되어 있다. -

속도위반, 그 아이의 탄생

고웅남

　2021년 9월 둘째 주에 첫 만남을 가졌다. 인상 깊었던 만남이었지만 기쁨보다는 불안함이 더 컸던 것으로 기억된다. 앞으로 계속 잘 해나갈 수 있을지 없을지 머뭇거렸다. 매력은 많았지만 과연 내가 잘 분위기를 맞출 수 있을지, 리드는 잘 해 나갈 수 있을지. 풀어 헤쳐진 머리칼을 지닌 그녀에게 아주 조금씩 매력은 느껴 나갔지만 지속적으로 만날지 어떨지 확신이 들지 못했다.
　10월에 두 번째 만남을 가졌다. 작년 연말까지 3개월 동안에 대 여섯 번을 신촌 거리에서 만났다. 그러는 동안 조금씩 그 분위기와 매력에 동화되기 시작하였다. 주위의 격려에 자신감을 가졌지만 그럼에도 불구하고 여전히 약간의 불안감을 지니고 있었다.

2022년 1월에 어떤 귀인을 우연히 만나게 되었다. 그녀와의 만남에 대해 조언을 얻었는데, 좀 더 적극적인 마음을 가지고 만나라고 충고를 해주었다. 그 말에 힘입어 짧은 기간 3개월 동안에 처음에는 이성적으로 냉철하게 만났는데, 충동적으로 감성적으로 약 40여 번 만나게 되었다. 강렬하게 적극적으로 집중하여 만났다. 그 여인의 매력에 반해 과속하여 몰입하였다.

그렇게 하여 한 아이를 탄생시켰다. 첫 만남에서 착상했는지, 나중에 인지 알 수 없지만 그 아이의 생일은 2022년 7월 25일이다. 아마도 첫 만남에서 속도위반을 했을 지도 모른다. 초롱초롱한 눈을 가진 아이를 보게 되었다. 내 인생에 있어 4차 산업혁명처럼 가장 획기적인 순간이며, 말로 표현할 수 없을 정도로 기쁜 날이다. 태어난 장소는 신촌 현대 산부인과이다.

임신 전 과정을 물심양면으로 도와주고, 해산 시 산파 역할을 해준 K 원장님과 산파 도우미. 착상이 편안하게 잘되도록 도와주고, 아이를 낳는 것을 도와준 그녀들. 평생 잊을 수 없는 귀한 분들이다.

그 아이 이름은《미뇽 그 남자》수필집이다. 그 아이 눈 빛이 내 마음을 사로잡아 버렸다. 풀어헤친 머리칼을 지닌 수필과의 첫 만남이 있은 후, 만 10개월의 진통을 겪고 채운 후 그 아이를 만나게 된 것이다. 혼자 힘이 아니라 K 수필가님과 문인들의 도움으로 영롱한 눈빛을 지닌 아이를 탄생시킨 것이다. 신촌 보금자리에서 행복한 가정을 꾸리게 되었다. 수필 품안에서 작고 아름다운 아이 미농이 편안히 기대고 있다. 그 모습을 바라보며 무럭무럭 자라는 모습을 그리며, 꿈을 먹는 행복한 문학의 남자가 되어 있다.

고응남 ssken@daum.net
2022년 〈신문예〉수필부문 등단

교황청에서 날아온 축복장

권옥희

한처음 하느님께서 하늘과 땅을 창조하셨다
창세기 1장1절 시작
주 예수님의 은총이 모든 사람과 함께하기를 빕니다. 요한 묵시록 22장 21절 끝

 연필을 허공에 던지며 바닥에 눕고 말았다. 고단함에 목이 메여온다. 구약성서 46권 2362페이지 신약성서 27권 589페이지 필사를 끝내는 순간이다. 기쁨을 토해내도 멈출 수가 없다.
 새로 부임해온 신부님이 성서쓰기 캠페인을 제안했다. 완필한 사람에게 주어지는 포상도 달콤했다. 기간은 3년으로 정해졌다. 많은 신자들이 가볍게 출발을 했다. 성당에서 만나면 화두는 필사 얘기다. 옮겨 쓸 때의 고충도 나누며 어느 회사 볼펜이 글씨가 잘 써진다는 정보도 교환하며 열심히 쓰자고 서로

를 응원했다. 활기차게 시작한 성서쓰기는 한달 두달 시간이 지나면서 포기하는 사람들이 늘어갔다. 매일 써야 하는 것이 부담스럽기도 하고 오래 쓰다 보니 눈이 아른거려서 포기하는 사람도 많았고 손가락이 아파서 계속 쓰기가 어렵다고 했다.

엄청난 분량에 미리 그만두게 된 사람들도 많았다. 틀리게 써서 수없이 지워야 하고 줄을 잘못 읽어서 반복해서 쓰는가 하면 한 줄을 건너뛰어 써서 다 써간 한 페이지를 다시 써야 할 때도 많다. 일년쯤 지나서는 남은 사람이 몇 명 안되어서 힘이 빠졌다. 몇 번을 시작했다가 포기했는데 이번만은 꼭 완필하고 싶었다. 가족들에게 나도 끈기 있게 할 수 있다는 강인한 모습도 보여주고 싶어서 힘듦을 참아냈다. 쓰기는 읽기만 할 때와는 다르게 성서를 이해하는데 많은 도움이 되기도 했다.

창세기 22장 6절 아브라함이 아들을 번 제물로 바치려고 장작더미가 있는 곳으로 함께 걸어가는 모습을 상상 할 때는 눈물이 났다. 나는 믿음을 위해서 소중한 무엇을 버릴 수 있을지 깊게 고민해보는 시간도 되었다. 한번도 읽지 않은 페이지를 알아 갈 때는 뿌듯함도 함께 커갔다. 백화점 세일 유혹 문자도 건너뛰며 쓰기에 열심했다. 비 오는 날 창가에 앉아서 커피향을 동무 삼아 한줄 한줄 써 내려가다 보면 불편한 것들도 잠시 잊혀졌다. 라디오를 멀리했는데 애청자가 되었다. 세상사는 이야기를 들으며 사연 속으로 빠져드는 것도 좋았다. 아이들 시험기간에는 늦은 시간까지 함께하며 힘듦을 나눴다 하루 분량을 채운 날의 오후는 몸도 마음도 가벼웠다. 모임 갔다가 늦은 귀가로 자정이 넘도록 쓸 때면 피곤함에 글씨도 못나게 써지고 속도도 느려진다. 포기하고 싶어서 갈등하며 썼다. 남은 사람끼리 하루 분량은 채웠는지 문자로 확인하며 더 이상의 포기하는 사람이 없기를 바라는 마음으로 서로를 다독였다.

  필사한 원고지 높이가 쌓여가고 자부심도 함께 커가기 시작할 무렵 엄지와 검지가 시큰거려 쓰기를 중단해야 했다. 하루를 건너 뛴 날은 다음날 보충하느라 무리를 해서 병이 났다. 남편은 당장 책상을 치우라며 건강을 염려한다. 포기하기에는 너무 많이 왔다. 정해진 시간 안에 못 끝낸다 할지라도 멈출 수가 없다. 한 달 정도 쉬었더니 좋아져서 다시 시작했다. 필사가 완성되면 집안의 가보가 될 것인데 한 줄이라도 참여하는 것이 어떻겠냐는 제안에 남편은 흔쾌히 딱 한 줄을 썼다. 그것만이라도 기특했다. 딸은 밤새워 공부하기에도 벅찼지만 힘을 보태느라 서너장을 아들은 한 페이지를 덜어줬다. 마지막 한 줄은 한 글자 한 글자 큰소리로 읽으며 천천히 써 내려갔다.

  빨리 끝내고 싶어서 내용을 음미하지 않은 채 건성건성 썼던 시간들이 아쉬움으로 남는다. 포기하고 싶었던 유혹을 이겨낸 시간들도 소중한 기억으로 남겨질 것 같다. 검지의 관절은 많은 시간이 지났지만 완쾌가 안 되어서 지면에 오래 쓰기를 하면 통증이 온다. 완성된 필사본을 성당에 제출하고 오던 날은 오랜 가뭄 끝에 한줄기 소낙비를 맞은 듯 통쾌하고 시원했다.

꽃구경 단풍구경 가자고 보채던 친구들도 부럽다고 대단하다며 칭찬을 보내온다. 완필한 사람은 열 한 명뿐이었다. 성탄절 미사 중에 제본된 필사본을 받고 금반지에 꽃다발까지 감동을 위한 축하가 계속 진행되었다. 마지막으로 로마 교황청에서 날아온 내 이름이 적힌 축복장을 받을 때는 50년을 살아온 내생에 가장 아름다운 순간이라 여겨졌다. 많은 사람들로부터 축하를 받다 보니 텔레비전에서 하는 연말 시상식에서 상을 받은 느낌이었다. 긴 시간 동안 응원해준 주변의 얼굴들이 떠올랐다. 간식통에 다양한 주전부리를 말없이 채워 놓았던 남편의 격려도 고맙고 글씨가 잘 써지는 볼펜이라며 한 주먹씩 사오던 아들의 효도도 큰 힘이 되었다. 아침마다 엄마 힘내라는 화이팅 문자에 하트를 보내주던 딸도 예쁜 옷 한 벌 사줘야겠다. 힘들 때 마시라며 달콤한 식혜를 종종 만들어 와서 어깨를 주물러주던 요셉피나 아우랑도 맛있는 비빔국수 한번 먹어야겠지. 당신이 더 떨린다며 꼭 완필해달라고 간곡하게 부탁하며 정월 대보름 날 오색나물에 찰밥을 해오시던 팔순 데레사님께도 축복장 들고 감사 인사를 가야 할 것이다. 완필할 수 있게 끝까지 격려와 용기를 주신 이치국 히지노 신부님께도 감사인사를 드리고 싶다. 사회적인 명예나 지위를 얻는 것은 아니지만 나에게 멋지고 장하다고 어깨를 다독여 주며 대상은 나에게 주고 싶다.

권옥희
2022년 〈한국수필〉등단

무지개, 뿌리를 찾다

최명미

　한라산 등반은 내 버킷리스트 중에 하나다. 한식 청명을 앞둔 3월 말 남편과 함께 당일 코스로 다녀오기로 했다. 막상 계획을 잡고 나니 8~9시간의 산행이 걱정스럽다. 봄기운이 완연하지만, 해발 1,950M의 높은 고지를 오르려니 체력이 따를까 걱정이다. 근교 산중에 조금 가파른 소래산을 오르며 체력 단련에 힘썼다.

　방수가 잘되는 등산화와 산행 장비를 챙기고 새벽 첫 비행기를 탔다. 제주에 도착하니 화창하고 따스한 햇살이 우리를 반긴다. 빡빡한 일정에 서둘러 성판악 들머리에 도착하니 아침 여덟 시인데 벌써 오르는 등산객들이 많다. 등산로에는 서어

나무와 활엽수들이 우거져 신령스러운 기운이 돈다. 뭍에서는 쉽게 볼 수 없는 낮은 키의 조릿대도 지천이다. 초입은 완만하여 그다지 힘들지 않다. 봄날이지만 중간쯤 오르니 슬슬 더워지기 시작한다. 날렵한 젊은이들은 반소매로 뛰어오른다. 역시 젊음이란 범접할 수 없는 청춘의 특권인 것 같다. 진달래밭 대피소에 이르자 노약자는 더 이상의 산행을 자제하라는 안내문이 보인다. 12시 30분 이후에는 산행을 통제하니 점심을 먹으려는 사람들의 줄이 길다. 간단한 컵라면 하나 사는 데도 시간이 많이 지체되어 서둘러 점심을 먹고 산행을 계속했다.

그곳부터는 산도 가파르고 계단도 많아서 오르는 이들도 말이 없다. 꼭 묵언 수행하는 수행자들 같다. 발소리와 숨소리만 거칠게 들려온다. 가끔 보이는 외국인들도 묵묵히 걷기만 한다. 점점 무거워지는 다리를 이끌며 오르다 뒤를 돌아보니 탁 트인 완만한 능선이 백두산 서파 쪽 등산로를 떠오르게 했다.

한라산 정상이 눈앞에 보이는 데도 앞길은 여전히 굽이진 계단이 한없이 늘어서 있다. 갑자기 날씨가 변덕을 부린다. 느닷없이 비바람이 몰아치며 주변이 어두워졌다. 능선에 올라서니 휘몰아치는 바람이 내 머리카락을 정신없이 흩트려놓았다. 서둘러 우비를 챙겨 입었지만, 빗방울은 얼굴을 따갑게 두들기고 휘몰아치는 바람에 고개를 들기도 어려웠다. 겨우 정상에 올라섰지만, 백록담이 어디 있는지 짙게 깔린 안개로 한 치 앞을 볼 수가 없었다. 사람들이 웅성대며 몰려있는 정상 안내석을 비집고 그 앞에 서서 우리 부부도 기념사진 한 컷을 겨우 담았다. 바람에 날리는 우비 자락과 혼비백산한 듯한 모습으로 정상을 밟고 관음사 쪽으로 하산했다. 그곳은 올라온 쪽보다 가파르고 눈이 많이 쌓여있다. 눈더미인 줄 알고 발을 내딛다 녹아 있는 눈에 발이 푹 빠졌다. 방수가 잘 되는 등산화도 발이 무릎까지 빠지니 양말 속까지 물이 가득하다. 남편을 따라 더듬거리며 겨우 골짜기가 가까이 내려다보이는 곳에 도착했다. 유난히 커 보이는 까마귀 떼들이 낯선 침입자들을 알리는가? 정신없이 날아다니며 울어 댄다.

잠시 후, 흐렸던 날씨가 조금씩 개면서 골짜기 안개가 빠르게 움직이며 햇살이 나타났다. 그때였다.

빨, 주, 노, 초, 파, 남, 보. 빛 선명한 무지개 기둥이 계곡의 조그만 바위를 비집고 물 속에서 쭈욱 위로 뻗쳐올랐다. 살면서 한 번도 보지 못한 신비스러운 광경이다. 나는 탄성을 지르며 옆에 있는 남편을 끌어안고 찬란하고 휘황한 모습에 눈을 떼지 못했다. 잠시 전 비바람에 고생스럽던 등반 기억이 모두 사라지고 머릿속이 맑아졌다.

어린 시절 땡볕이 쏟아지던 여름날, 갑자기 우르릉 쾅쾅 소리와 함께 금방 비가 쏟아진다. 소나기가 그치고 나면 언제 그랬냐는 듯이 햇살이 눈부시다. 그런 날이면 산봉우리 위로 둥그렇게 떠오르는 무지개를 좀 더 가까이에서 보고 싶어 무작정 앞으로 내달렸다. 저 무지개의 끝은 어디일까 궁금했다. 생각지도 못한 한라산 눈밭에서 그 의문이 모두 풀렸다. 무지개는 오색 빛도 선명하게 눈 안에 쏙 들어온다. 우리는 꿈꾸는 듯 그 모습에 취해 버렸다. 한라산 계곡 태고의 숲속같은 좁은 바위 틈 물에서 뿌리를 두고 펼쳐진 무지개였다. 나는 이 순간을 내 인생의 베스트 컷 중 하나로 꼽고싶다.

최명미
2022년 〈리더스에세이〉 등단

그때 그 집

강의정

　한여름 햇볕이 내리쬐고 있다. 더 걸을 수 없어 길가 가게 들마루에 앉았다. 아직도 20분은 더 걸어가야 집에 도착하니 임산부인 나에게는 큰 고통이었다. 양산도 맥을 못 추었다. 신혼살림 집은 버스 정류장까지 걸어서 30분 걸리는 곳이었다. 그곳에서 나는 힘든 줄도 모르고 열심히 직장으로 출·퇴근을 했다. 몇 달 지나 아기가 생겨, 몸이 점점 무거워 지면서 뙤약볕 아래 귀가하기가 힘들어졌다. 그래서 가게 앞에서 쉬는 버릇이 생겼는데, 때로는 귀가 시간이 늦어져 집안사람들에게 걱정을 끼치곤 했다.
　남편은 조금이라도 교통이 편한 곳으로 이사하자고 했다. 첫 번째 집은 대지 30평에 방 셋인 집이었다. 갖고 있는 돈이 적어서 방 하나는 세를 주고, 융자를 받고 그리고 돈을 빌려서 구입하기로 했다. 가까스로 날짜에 맞추어 돈을 마련해 이사했다. 이사하고 보니 앞에는 훨씬 높은 집이 있어 우리 집이 거의 들여다보였다. 그 집을 추천해 준 중개업자에게 섭섭함도 있었지만, 그래도 내 집에서 살고 있으니 다행이라 여겼다. 시간이 지나면서 불편함도 모두 익숙해졌고 아들, 딸을 낳고 4년을 살다가 이사를 했다.

두 번째 발령을 받은 곳은 아파트 지역이었다. 17평짜리 공무원 아파트로 이사했는데 그때는 식구가 6명으로 늘어 집안이 사람들로 바글거렸다. 우리 가족은 할머니, 도움이 언니, 우리 부부, 아이 둘이었다. 이곳을 가도, 저곳을 가도 편하게 쉴 수 있는 곳이 없었다. 가끔 숨이 막힐 것 같이 답답하면, 꽉 뭉친 마음을 풀어보려고 아파트 앞 잔디밭에서 아이들과 공차기, '무궁화 꽃이 피었습니다' 게임(오징어 게임)을 하면서 쌓여있는 스트레스를 풀어보곤 했다. 집안에서는 활개를 펴고 마음껏 눕기도 힘들어, 아이들과 돗자리를 들고 나가 잔디에 펴고 누워보기도 했다.

세 번째 발령지는 버스를 두 번 갈아타야 하는 먼 곳이었다. 불안하여 일이 손에 잡히지 않아 일주일간 집을 구하기 위해 근무지 주변을 방황했다. 주기적으로 당하게 되는 이런 상황에 마음이 흔들려 직장을 그만두고 싶은 강한 충동이 일어났다. 불안하여 고민하고 있는데 부동산에서 우리에게 딱 맞는 집이 있다고 가 보자고 했다. 대지는 75평 건물은 25평으로 새로 건축한 집이라고 설명을 덧붙였다. 대지가 75평, 말만 들어도 눈이 번쩍 뜨였다. 아직 가 보지도 않았는데 그 집은 나를 가장 뒤흔들어 놓았다.

대문을 열고 집으로 들어가니 잔디가 가지런히 깔려있고 저 멀리에는 빨간 지붕을 가진 붉은 벽돌로 지어진 그림 같은 집이 눈앞에 나타났다. 꿈속에서 꿈꾸어 왔던 예쁜 집이 바로 내 앞에 있었다. 혹시라도 잔디를 밟을세라 조심하며 길을 따라 집으로 들어갔다. 현관문을 열고 들어가니 내부는 현대적인 느낌을 주었다. 남향을 향한 크고 탁 트인 안방과 거실이 눈에 들어왔다. 거실 앞 발코니에 서서 넓은 정원을 보며 아이들이 뛰어노는 모습을 어렴풋이 상상해 보았다. 버스 정류장이 멀고 높은 단지라는 흠이 있지만 초등학교가 가까우니 최고라고 여겼다. 두말할 것 없이 우리는 바로 계약을 했다.

드디어 꿈의 궁전으로 온 가족이 이사해왔다. 이곳은 평생 가졌던 집중에서 가장 아름다운 곳이었다. 아이들은 이리저리 즐겁게 뛰어다녔다. 우선 아이들과 서둘러 화원에 가서 꽃모종, 꽃삽과 물뿌리개를 사 왔다. 안방 앞에 있는 화단에 딸아이는 앞장서 꽃모종을 심기 시작했다. 그동안 풀 한 포기도 없는 삭막한 환경에서 자란 아이들은 신이 나서 채송화, 맨드라미, 봉숭아, 국화를 빼곡히 심고 매일 물을 주느라고 바빴다. 여름에는 예쁜 꽃이 피는 것을 보았고 늦가을에는 국화 향기를 만끽했다. 추운 겨울이 오면 화단은 아들의 전쟁놀이터였다.

  이 아늑한 궁전은 우리 온 가족의 꿈을 일구어 주었던 터전이었다. 그곳에서의 하루하루는 활기차고 기대되어 늘 가슴이 벅차올랐다. 이제는 다시 볼 수 없고, 꿈꿀 수 없는 생의 최고의 순간이었다. 그곳에서는 11년을 살다가 떠났다.

  서쪽 담 화단에 '아들아, 씩씩하고 튼튼하게 자라라.' 고 기원하며 심었던 푸른 전나무가 눈앞에 아른거린다. 그리고 남쪽 담 화단 끝자락에 있는 장독대 위, 큰 독과 작은 항아리를 신나게 닦던 시절도 그리워지니 어찌할까.

  강의정 ejkang8358@naver.com

첫 관문을 넘다

이옥형

　아주 잘 지은 전통적인 궁궐이었다. 진회색 기와지붕은 하늘을 향해 호기롭게 기지개를 켜고 있고, 단청 없이 천연무늬 그대로인 굵은 나무기둥은 검박한 기품을 뽐내고 있었다. 그런데 갑자기 날카로운 물체가 날아와 단번에 모든 기둥 중간을 쳐버리자, 아뿔사! 궁궐이 순식간에 와르르 무너졌다. 겁에 질려 심장이 쿵~웅 내려앉았다. 깜짝 놀라 깨보니 꿈이었다. 대학 입시 면접날 새벽, 나쁜 꿈이 아닐지 걱정되었다. 꿈은 반대라고 위로하면서 마음을 달랬다.

　1971년 2월 대학을 졸업했지만, 취직이 되지 않았다. 국민윤리 중등교사 자격증을 받은 우리 교육심리학과 졸업생들은 그

해 1지망인 서울에 한 명도 발령받지 못했다.

  3월 13일 모교 학과장님으로부터 S여대 학생생활연구소 조교로 일할 의향이 있는지 묻는 전화가 왔다. S여대에서 대학원 졸업생을 조교로 추천해 달라는 의뢰가 와서 대학원 졸업생이 없다고 하니, 대학 졸업생을 추천해도 좋다고 한단다. 그런데 봉급이 중고등학교 교사보다 훨씬 적었다.

  같은 날 뒤이어서, 2지망으로 지원했던 충북 교육청으로부터 전화를 받았다. 진천군 D중학교에 발령이 났으니, 절차를 밟고 부임하라는 것이었다.

  S여대로 가고 싶었다. 고등학교 때 꿈은 대학교수였으나, 대학원 등록금까지 부모님께 의지하고 싶지 않아서 마음을 접고 중고등학교 교사의 길을 택했는데, S여대는 대학원 졸업생이 일할 수 있는 자리였다. 비록 봉급은 적었지만 용돈을 절약해서 쓰고 나머지를 저축하면 대학원 등록금이 될 것 같았다. 그러나 중학교와 봉급 차이가 너무 커서 차마 부모님께 S여대로 가고 싶다고 말 할 수 없었다.

  아버지는 지방에 여자 혼자 근무하기보다 서울 집에서 다닐 수 있는 S여대로 갈 것을 권했다. 아버지 말 속에는 서울 집에서 조신하게 근무하다가 시집을 가라는 뜻이 담겨있었으나, 나는 대학원을 갈 수 있는 기회가 온 것이 기뻤다.

S여대의 학교 분위기는 매우 전통적이었다. 교직원 중에 학교교풍에 적응 못하고 중도에 그만두는 분도 가끔 있었으나, 나는 유교적 가풍 속에서 자랐기 때문인지 새 학교 분위기에 쉽게 익숙해졌다. 그러나 출퇴근 시간이 문제였다.
　　학교 설립자인 학원장님은 심야형으로 늦게 출근하고 늦게 퇴근했다. 연구소 소장님은 윗분들을 깍듯이 모시는 분으로 당연히 학원장님 퇴근 후에야 퇴근했고, 나에게도 이를 요구했다. 나의 출근시간은 아침 9시 정각이나, 퇴근시간은 기약이 없었다. 심야형이어서 아침 정시 출근이 힘들었지만, 정해진 퇴근 시간 이후에 할 일 없이 타의에 의해 자리를 지키는 것도 견디기 어려웠다.

　　출근 시간을 지키기 위해 새벽 영어학원에 등록했다. 학원 시간을 대지 못해 반 이상 결석했지만, 학원에 가기 위해 전보다 일찍 일어나다보니 학교 출근시간은 맞출 수 있었다. 자투리 영어 공부는 후일 대학원 영어 시험에 도움이 많이 됐다.
　　늦은 퇴근은 윗분 때문이 아니라 내 일 때문이라고 생각하기로 했다. 일이 많아서 늦게까지 근무한다는 자기합리화를 위해 일부러 일을 찾았고, 심야형이라 날이 어두워지면 일이 더 잘되어 학원장님 퇴근 훨씬 후까지 일하는 날이 많았다. 어느새 학원장님의 퇴근시간에 신경 쓰지 않고 심야형인 내 특성대로 일하고 있었다.

  연구소의 첫 번째 과제인 '신입생 실태 조사연구' 보고서를 예정보다 빨리 완성해서 소장님께 드리자, 제일 윗분이신 학원장님과 총장님께 보고 드리자고 했다. 소장님 배석 하에 두 분 앞에서 내가 브리핑을 했다. 예상외로 두 분이 매우 흡족해 하자, 소장님은 계속 새로운 연구를 주문했다.

  다음 해 2월 소장님께서 직접 작성한 기안서류를 나에게 주면서 윗분들 결재를 받아오라고 했다. 지금까지 연구소 일은 거의 내가 기안했는데, 이번은 내가 작성한 서류가 아니었다. 첫 결재 부서인 총무처장실 앞에서 갑자기 기안 내용에 대해 질문하면 어떻게 답변해야 하나 하는 생각이 들어서 서류를 살짝 펴보았다.

  기안서류는 '지난 1년 동안 전임자는 연구를 3편 수행했는데, 이**은 9편의 연구를 우수하게 수행했고, 업무성적이 뛰어나서 연구원 승진을 추천 한다'는 내용이었다. 모든 윗분들이 질문은 하지 않고, 수고했다는 말과 함께 웃으며 도장을 찍어 주었다.

  이후 대학교수의 꿈을 이루는 길은 험난했지만, 그 길로 가는 첫 관문을 무사히 통과한 셈이다. 비록 연구원이 괄목할만한 지위는 아니지만, 사회인으로 처음 인정받은 소중한 경험이었다. 적어도 이 순간만은 달이라도 붙잡을 수 있을 것 만 같았다.

이옥형 ohlee00001@naver.com
신촌현대문화센터 수필교실 회원

푸르매가 살고 있는 곳

김은수

올해 휴가는 해외로 가기로 했다. 그래봤자 재수생 딸 때문에 국외는 못가고 제주도지만, 코로나19 사태이후 처음 타보는 비행기라 설레었다. 비행기를 타는 일에 설레는 것은 실로 오랜만이다. 즐거운 비행기 타기는 어느 순간부터 고역이 되어 있었다. 창밖 구경하고 싶어 윈도우석을 선호했었는데 언제부턴가 드나들기 편하게 복도석에 앉고 싶어 하고, 즐거운 체험이었던 기내식 먹기는 허기를 때우는 요깃거리에 지나지 않게 되었다.

제주도를 처음 가 본 것은 초등학교 입학 무렵이었던 것 같다. 그 당시 내 인생 최고의 순간은 비행기에서 내리면서 찍었던 사진 속에 담겨있다. 그때 기억속의 제주는 장시간 차안에서 자며 깨며 바라봤던 푸르른 풍경뿐이지만, 첫 비행 자체면 최고의 순간의 조건으로 충분하였다.

얼마 만에 느껴보는 신나는 비행인지! 코로나19 상황이 심각하여 이동이 자유롭지 못했던 시절에는 '무착륙 비행'이라는 관광 상품이 나오기도 했다한다. 공항 이용과 비행기 탑승으로 해외 여행하는 기분을 되살려보고, 상공에서 경치를 감상하며 어느 지역을 비행하고 있는지 설명도 듣고, 면세점 쇼핑도 하고.

이른 아침의 공항인데도 인산인해를 이루고 있었다. 공항에서의 줄서기가 여행의 즐거움이라고 생각된 것은 이번이 처음인 것 같다. 국내선 비행기를 탈 때 한글로 된 신분증을 가지고 타려면 비행기 티켓도 한글 성명으로 해야 하는데, 영문 이름으로 발권한 바람에 확인 절차를 거쳐야 해서 줄 다서고 뒤로 되돌아가게 된 상황도 재미있게 느껴질 정도였다.

비행기 탈 때면 복도석에 앉고 싶다며 자리를 바꿔달라는 딸의 부탁이 반가 왔던 것이 얼마만인지. 예전 같으면 비행기를 탄 후 자동으로 감기던 눈인지라 상공에서 이렇게 국토가 조망 가능하다는 사실을 처음 인지했다. 어느 지역 상공을 비행 중이라는 방송이 무착륙 관광 상품처럼 나오면 좋겠다는 생각을 하며 연신 카메라 셔터를 눌러댔다.

여러 번 갔던 제주이지만 애월 지역은 첫 방문이다. 고생하는 재수생 딸 기분 전환하라고 지인에게 추천받아 비싸게 예약한 호텔이지만 극성수기 탓인지 가격대비 기대에 못 미친다. 루프탑 수영장을 갖춘 객실이라니 더운 날씨에 많이 돌아다니지 말고 호캉스나 하자고 했건만 호캉스로 만족할 만한 시설이 아니어서 채비하고 길을 나섰다. 보통 여행계획을 세우는 것은 나지만, 남편이 제안한 여행지인데다 더운 날씨에 돌아다니지 말자하여 특별한 계획 없이 왔는데. 이제부터 어디 갈지 즉흥적 여행을 시작해 보기로 한다.

호텔은 올레 16코스의 바닷가에 위치하고 있어 주변 경관이 아름답다. 최근 플루트로 연습하고 있던 〈제주도의 푸른 밤〉 노래를 흥얼거리며 올레 길을 걷기 시작했다.

"떠나요 둘이서/ 모든 것 훌훌 버리고/ 제주도 푸른 밤/ 그 별 아래/ … 아파트 담벼락 보다는/ 바달 볼 수 있는/ 창문이 좋아요/ … 떠나요/ 제주도 푸르매가/ 살고 있는 곳"

푸르매? 그런데 푸르매가 뭐지? 그동안 막연히 푸른색 매인가? 하고 생각하고 있었는데, 궁금해져서 찾아보니 작사가 최성원이 머물던 제주도 집 지인의 딸 이름이 '푸르매'라고 한다. 최성원은 이렇게 말했다. "동화책을 보고, 바다에서 놀고 이런… 서울 애들이랑 너무 달랐어요. 푸르매가." 그동안 아파트, 학원 담벼락 안에서 공부하느라 고생 많았다. 서울 애 우리 딸.

그런데 푸르매는 여전히 제주도에 살고 있을까?

우연히 발견하여 들어간 〈바당한그릇〉이라는 식당은 모던한 분위기에서 싱싱한 해산물을 맛보게 해준 맛집이었다. 제주도에서는 '바다'를 '바당'이라고 하는구나. 바당. 이름만으로도 참 제주 바다스럽다. 카페에 앉아 바다 풍경을 멍하니 바라보며 소위 말하는 '바다 멍'을 하고 있어도 시간이 전혀 아깝지 않았다. 제주의 북서쪽에 위치한 숙소인지라 호텔 방에서 편안하게 일몰을 감상하였다.

다음날 아침 일찍 산책을 하다가 구엄리 돌염전을 발견했다. '소금빌레'('빌레'는 널따란 바위를 뜻하는 제주도 말)라고도 부르는 이 염전은 고려시대에 만들어졌으며 해안가에 널리 깔려있는 암반 위에 바닷물을 이용해 천일염을 제조하던 곳이다. 품질 좋은 소금을 생산하다가 근대화된 소금 생산 방식이 도입되면서 쇠퇴되었다고 한다. 신기한 광경에 설명 표지판을 열심히 읽어보았다.

애월에서 가볼 만한 곳을 검색해보니 '애월 카페거리'와 '곽지 해수욕장'이 있었다. 애월 카페거리에서 요즘 인기 있다는 투명 카약체험을 한 후, 이 날씨에 돌아다니다가는 더위 먹겠다는 판단 하에 숙소로 돌아가기로 했다. 그래서 택시를 불렀으나, 올 수 있는 차량이 없다하여 예정했던 '곽지 해수욕장'으로 가는 바닷길을 향해 무거운 발걸음을 떼었다.

아 택시가 와줬으면 아쉬울 뻔 했다. 그 바닷길은 더위 따위는 생각나지 않게 멋진 올레 15길 한담마을 장한철 산책로였다. 장한철은 제주도 출생의 조선후기의 문신으로 대과를 보기 위해 배를 타고 서울로 올라가다가 풍랑을 만나 지금의 오키나와인 류큐제도에 표착하였으며, 후에 이 경험을 《표해록》에 저술하였단다.

곽지 해수욕장에서 우리가 목표로 했던 곳은 '과물 노천탕'이었다. 한여름에도 15도 정도의 차가운 용천수가 솟아나는 과물 노천탕은 물맛이 좋아 석경감수라고도 불리며 상수도가 놓이기 전까지 식수로 사용했다고 한다. 해녀로 상징되던 강인한 제주여성의 이미지에 노천탕 옆에 세워져 있던 물을 길어나르는 여인들의 조각상이 겹쳐졌다. 그 시절 제주에서 태어나지 않아 다행이다. 체력이 약한 모녀는 시원한 용천수에 손을 담가 더위를 식히기만 하면 되었다.

마지막 날은 공항에서 가까운 '삼성혈'을 방문할 생각이었다. 제주의 시조인 양을나, 고을나, 부을나 세 신인이 땅에서 솟아났다고 전해지는 곳으로 예전에 방문한 적이 있으나 지난 학기 수강한 '구비문학의 세계' 과목에서 다루어져서 다시 방문하고 싶었다. 그런데 택시 기사 아저씨가 이 날씨에 너무 덥다며 가지 말라고 한사코 말린다. 이에 설득되어 부근에 위치한 '제주 민속자연사 박물관'으로 경로를 수정했다. 제주의 자연과 사회 환경을 이해할 수 있어 매우 유익한 시간이었다.

　즐겨 보고 있는 인기 드라마 〈이상한 변호사 우영우〉의 다음 에피소드에 등장할 예정이라는 제주도. 초등학교 입학 무렵 인생 최고의 순간이라 느꼈던 제주 비행. 코로나 19 사태 이후 처음 타보는 비행기. 육지와 차별된 섬의 자연과 문화. 신비한 섬 제주에서의 즉흥적 여행은 기대하지 못했던 올여름 최고의 순간이 되지 않을까 싶다. 서늘해지면 '삼성혈'도 방문할 겸 다시 제주에 가야겠다.

　　김은수 songeuse@hanmail.net
　　강남수요수필 회원

2012년, 2016년

신혜숙

현관비밀번호, 핸드폰비밀번호, 비밀번호를 만들 때 잊어버리지 않을 숫자를 생각하라면 가장 먼저 떠 올리는 건 2012와 2016이다. 절대 놓지 않겠다는 의지로 내 새끼손가락을 꽉 쥐던 순간 당연히 나도 너희들의 손을 놓지 않겠다고 깊은 다짐을 했다.

2012년 첫째가 태어났고 2016년 둘째가 태어났다. 지금 생각하면 우습고 남들도 피식 웃을 태교(?)를 했었다. 수학을 잘하게 하고 싶었던 마음으로 매일 아침 숫자를 들려줬고 마음이 따뜻한 아이가 되게 하고 싶어서 동화책을 읽어줬다. 내 목소리가 아이에게 더 잘 들릴 수 있게 배에 대고 말할 수 있는 무슨 이상한 기계도 사서 아이에게 계속 말을 걸었다. 혼자 물어보고 아이대신 대답했다. 그렇게 하루하루 아이와 함께하는 시간이 갔고 만삭이 됐다. 아이가 나와 함께 있는 이 때가 너무 행복했지만 점점 숨 쉬는게 힘들었고 아침에 일어나서 발을 디딜 때 마다 통통 부은 발은 통증이 있었다. 하지만 곧 만날 아이 생각에 그건 일도 아니었다.

의사와 간호사들이 아이가 나오는 걸 돕기 위해 내 배를 힘차게 눌렀고 드디어 아이가 태어났다. 이 세상에 나와 처음으로 스스로 해야 하는 호흡에 아이는 울었고 나는 엄마가 되었다. 한 없이 이기적인 내가 나 아닌 다른 이의 삶을 책임져야하는 때가 됐다. 나는 그렇게 새로운 시작을 했다.

아이를 낳기 전 누군가 육아에 대해 말해 줬더라면 아마도 아이를 탓하는 일은 하지 않았을 것 같다. 3시간마다 우유를 먹여야 했기 때문에 밤마다 잠을 못 잤고 한 움큼 씩 빠지는 머리카락에 깜짝 놀랐고 예민했던 아이의 울음소리에 나도 같이 예민해진 적이 많았다.

하지만 나만 바라보는 빛나는 눈, 내가 말할 때마다 귀를 쫑긋 세우고 옹알옹알 대답하는 입, 안을 때마다 떨어지지 않으려 꽉 잡은 정말 작은 손가락, 이렇게 작은 생명이 울게 할 때도 웃게 할 때도 기쁘게 할 때도 있다는 걸 알아야했다.

끙끙대며 힘들이더니 드디어 뒤집기를 했고, 수천 번 속으로 연습했던 엄마를 소리 내어 들려주었고, 머리로 수만 번 연습했던 걸음마를 한 걸음 디뎠다. 매 순간 순간이 작은 기적이었던 아이들의 시간이 계속 이어지길 바라고 있다.

동생이 둘이였던 나의 어린시절을 생각했다. 부모님의 관심이 부족했고 경제적으로 풍요롭진 못했다. 하지만 내 어린시절을 즐거운 추억으로 가득 채워줬던 동생들에게 고맙고 그런 울타리를 만들어준 부모님께 감사했다. 그래서 둘째아이를 낳았다.

예상대로 둘째의 육아는 첫째와는 달랐다. 씻기는 것, 먹이는 것, 재우는 것 한 번 해봤다고 어렵진 않았다.

하지만 한 번 해본 것만 쉬웠을 뿐 생각하지 못 한 것이 있었다. 남매간의 질투, 남매간의 경쟁, 남매들의 전쟁(?). 하루에도 몇 번씩 중재에 나서고 있는 나는 책을 보고, 영상을 찾아보고 다른 선배 어머니들에게 조언을 구해 해결책을 찾는다.

내 생애 최고의 순간은 다른 사람에게는 평범하게 들릴지 모르지만 나에게는 매 순간이 도전인 아이를 낳고 아이들과 함께하는 순간이다. 너무 어렵지만 그 도전들이 즐겁기도 하다.

아이들은 나를 여전히 울게 할 때가 많을 것이다. 하지만 그

것보다 더 나를 웃게 하고 기쁘게 할 때가 많다는 것을 알아야 한다. 아이를 낳고 10여년이 지난 지금도 여전히 헤매고 있는 내가 가슴 깊이 새겨야 할 건 아이들이 내는 소리를 더 많이 귀 기울여 들어주고 아이들에게 더 많이 웃어줘야 한다는 것이다.

신혜숙 amyshin629@gmail.com
강남수요수필 회원

살구

송춘옥

아이의 집은 지하방이다.
 부모님은 선생님이 오신다고 안방 구석에 핀 곰팡이 때문에 벽지를 바르고 출입구 쪽에다 노란 비닐을 까느라 가위질이 분주하다. 그곳에서 처음으로 아이를 만났다. 나는 시니어 클럽에서 방과 후 아이들 공부를 돌 봐 주는 프로그램에 신청하여 저 학년 아이들에게 영어. 수학을 가르치고 숙제를 돌봐 주고 있다. 큰 방에는 옷장. 서랍장. 벽에는 옷들이 걸려있고 작은 책장에는 몇 권의 책이 꽂혀 있다. 이 방에서 엄마와 아빠 그리고 오빠와 자기가 잔다고 하면서 긴 베개를 보여준다. 자기는 초등학교 1학년이며 태권도와 피아노 학원에 다닌다고 한다. 좋아하는 과목은 음악이며 피아노 치는 것을 좋아한다고 한다. 학교에서 돌아온 아이의 알림장과 일기장을 보았다.

 오늘 반장 선거가 있었다. 아침에 엄마가 반장 선거에 나가지 말라고 했다. 나도 할 수 있는데…. 내 짝꿍이 반장이 되었다. 친구는 우리반 친구들에게 선물을 주었다. 나도 받았다. 나도 잘 할 수 있는데….

 아이의 일기를 보고 마음이 아팠다. 활발하고, 욕심도 있고, 공부도 잘하고, 인기도 높다는 이 아이가 얼마나 마음이 아팠을까? 엄마는 왜 반장 선거에 나가지 못 하게 하셨을까? 반장 선거하는 내내 아침 엄마가 자기에게 한 말을 생각 하며 참았으리라

 다음 공부 시간에 아이에게 말했다. '얼마 안 있으면 어린이 날인데 넌 무슨 선물이 받고 싶으니? 하니 한참 생각 하더니 '선생님 피아노 사 주세요' 라고 한다. 나는 너무나 놀라서 이 아이에게 지금 무슨 말을 해 주어야 할 지를 몰라서 얼굴을 쳐다 볼 수가 없었다. 내 생각에는 책이나 인형을 사 줄까 생각하며 물어 보았는데… '그래 너는 피아노 치는 것을 좋아하니 피아노가 있으면 정말 좋겠다 그런데 어쩌지? 선생님이 피아노 사 줄 돈이 없어서….' 라고 말하니 '괜찮아요 그냥 말 해 봤어요' 라고 한다. 원하는 선물을 해 줄 수 없어서 정말 미안했다. 아이는 아무렇지도 않는 듯 가방에서 음악책을 꺼내더니 방 바닥에 편다. 다리를 뻗고 앉더니 나에게 노래를 하라고

한다. 자기가 피아노를 치겠다면서… 마치 피아노가 앞에 있는 듯 오른 손, 왼 손', 흰 건반, 검은 건반을 힘있게 친다. 나도 방바닥 피아노 소리에 맞춰 큰 소리로 노래를 불렀다. '동구 밖 과수원 길 아카시아 꽃이 활짝 폈네…. 앞집 옆집 신경쓰지 않고 부르고 또 불렀다. 지하 방 에서의 음악 시간이 정말 좋았다. 나는 아이에게 정말 피아노를 잘 친다고 칭찬 해 주었다. '선생님 이 노래를 어떻게 아세요?'라며 환한 얼굴로 물어본다. '선생님도 너와 같이 음악을 좋아해 다행이다 그렇지……'.

피아노는 사 줄 수 없지만 어린이날을 아이와 같이 보내고 싶어서 서울 대공원에 가서 돌 고래 쇼를 보았으면 좋겠다고 했더니 어머니께서 허락해 주셨다. 학교를 배경으로 사진을 찍고 서울 대공원으로 갔다. 처음 와 본다고 하면서 너무 좋아한다. 자기가 표를 사 오겠다며 뛰어다닌다. 솜 사탕을 먹으며 동물들을 구경했다. 목이 긴 기린은 정말 멋쟁이다. 귀여운 미어캣은 자기도 봐 달라며 목을 길게 빼고는 친구들과 서 있다. 싱그러운 등나무 아래에서 점심을 먹었다. 돌고래쇼 시간이 아직 이른데도 언제 보느냐고 재촉한다. 제일 앞쪽 자리에서 구경했다. 돌고래가 고맙기도 하지만 불쌍한 생각이 들었다. 이것 보세요! 저것 보세요! 날씨가 좋은 것 같이 아이의 기분도 좋음이다.

아이의 집 대문 앞에 살구 나무가 한 그루 있다. 꽤 큰 것 같다. 그 나무에 오빠 친구들이 올라 가기도 한다. 그 살구가 조금 익었을 무렵 떨어져서 깨어지고 터진 살구 몇 알을 주어서 씻어서 부엌 창문 틀 위에 두었다가 내게 준다.

'선생님 잡수세요, 맛 있어요' 상처가 난 살구지만 새콤하고 달콤한 맛은 그대로인 열매다. 6월 말경 마트에 갔더니 예쁜 노란 색깔의 열매위에 "살 구"라 적혀 있다. "아아 살구!" 깨어지고 터졌지만 잊을 수 그 맛과 그 아이의 해 맑은 얼굴을 생각해 보면서 잠시 눈을 감아본다.

송춘옥
신촌현대 화요수필 회원

기찻길과 따듯한 커피 한 잔

강유진

　남한강 옛 기찻길을 걷고 있다. 계절의 아름다움과 풍요로움이 깊숙이 스며든 강물, 한 손에 따듯한 커피 한 잔, 10월의 어느 일요일 오후 지금 이 순간이 내 생애 최고의 한 장면이지 않을까. 같이 걷고 있는 성년이 된 두 아들은 오롯이 나와 함께 하고 싶어 따라나섰다고 한다. 근교 나들이를 청하면 마다하지 않고 따라나설 친구들도 주변에 있지만 바쁜 녀석들과 흔하지 않은 동행이 더 즐거운 것은 사실이다.
　차로 움직이는 것보다도 자유롭고 여행의 맛을 더해 주는 전철을 이용했다. 전철 안은 일요일 나들이객들로 분주하다. 왕

십리, 청량리, 상봉 등의 정류장을 지날 때마다 익숙한 호칭들이 여기저기서 불리고 분주하게 서로에게 자리를 권하지만, 호의를 선뜻 받아들이는 모습은 보기 힘들고, 대부분 정중하게 거절한다. 분명한 사실은 경의중앙선 양평행 일요일의 주인공은 단연 개성껏 차려입고 배낭을 등에 멋스럽게 메고 있는 어르신들이다. 젊은 연인들도 가족 나들이객들도 그 지하철 안에서는 조연일 뿐이다. 굴곡 있는 얼굴 깊숙이 베어 있는 잔잔한 미소와 자신 있는 표정들로 삼삼오오 모여 즐거운 대화를 즐기고 있다.

 1990년대 초반만 하여도 일흔을 넘은 어른들은 동네 한쪽을 차지하고 있던 사회 소수 조력자였다. 그 들은 그시절 대부분 무언가를 건네며 떠나는 기차를 향해 손을 흔들던 배웅객들이었고 그리고 그 기차를 타던 몇몇 어르신들은 무겁고 조금은 피곤한 얼굴로 기차 한편에 자리하던 그런 기억들이 대부분이다. 하지만 지금은 우리 사회의 이곳저곳에서 어르신들의 활약은 대단하다. 도리어 한창인 중장년들보다 더 목소리 높이며 적극적으로 참여하는 것처럼 보이기도 한다. 우리들의 내일을 보는 듯 얼마나 긍정적인 변화인지 감사할 뿐이다.

 불과 몇 해 전까지 나에게는 장년과 노년은 고달프게만 느껴지던 피하고 싶은 미래의 어느 시점일 뿐이었다. 마치 수확기를 넘긴 나무 위의 열매와 같이 거친 모습으로 모진 겨울바람을 한참이나 견뎌야 했던 그 열매들처럼 말이다. 긴 겨울을 지나 어떤 모습으로 따뜻한 봄을 맞을까 하는 애잔함도 함께 있었다.

어느덧 장년은 이미 나에게 현실이 되었다. 다행히 장년과 노년은 무엇인가 부족하고 소외되는 시기라는 과거 편견들을 버린 지 오래다. 지금은 새로운 꿈을 찾아 분주한 하루하루를 보내고 있다.

일상에서 불현듯 지난 일들이 떠오르기도 하고 추억이 있는 장소를 우연히 들를 때면 과거의 나와 인연들을 회상하곤 한다. 친구들과 온전한 하루를 뒤엉켜 보내고도 늘 아쉬움을 남기던 정겨웠던 유년 시절의 골목길이 눈에 선하다. 사춘기를 보냈던 잊을 수 없는 항구도 있다. 그곳은 봄이면 벚꽃이 휘날리고 가을이면 억새와 붉은 노을을 뒤로하고 잔잔한 바다를 비추던 둥근 달이 이유 없이 심장을 뛰게 했다. 짧았지만 긴 여운을 남겼던 그곳도 어느덧 그리울 때면 간혹 찾는 과거의 한 곳일 뿐이다. 무엇인가를 찾아 도시의 이곳저곳을 쏘다니며 대책 없이 놀 수 있었던 가난하고 욕심 없던 이십 대의 기억도 생생하다. 어느덧 장년이 되어 아직도 나의 주변을 서성이는 그 친구들과의 추억들도 눈물 나게 그립기만 하다. 늘 그렇듯이 그때를 그리워하고 때론 후회하고 감사할 뿐 돌아가고 싶은 마음은 결코 없다.

현재의 일상과 기억들은 과거의 모든 영광과 실패, 행복과 불행들로 촘촘하게 채워져 있다. 현재는 과거의 것들로부터 기인하였고 그 과거의 흔적들은 신도 바꿀 수 없는 분명한 결과물이지 않은가. 오직 아주 조그마한 기억의 왜곡만이 허락될 뿐이다. 오늘보다 못한 내일은 있을 수 없고 있어서도 안 된다. 오늘은 과거 어느 때보다 최고의 가치를 가지는 것이다. 또한 내일은 오늘의 어떤 때 보다 더한 가치를 가질 것이다.

그러므로 내 인생 최고의 순간은 가을 강변을 여유롭게 걷고 있는 오늘이다. 그리고 사랑하는 사람들과 건강하게 함께 할 수 있다면 분명 내 생애 최고의 순간은 내일도 모래도 계속될 것이다.

강유진
강남롯데 수요수필 회원

세상에서 가장 아름다운 풍경화

이남진

어린 시절 여덟명의 대가족 속에 살았다.

할머니는 행동이 부산스럽고 말 수는 적지만 무섭지는 않았다.

먼 산의 바위덩어리를 들여다 놓은 듯한 아버지는 선생님 근성이 있어 늘 누군가에게 명령을 하고 심부름을 시켰으나 쏠쏠한 심부름값 덕에 별로 불만은 없었다. 표현은 하지 않지만 속정은 깊은 분이었다.

어머니는 항상 부지런히 움직이고 자식들한테 방관한 듯 자유롭게 키웠고 낙천적인 성격으로 덕분에 백 수를 바라보는 지금까지 살아계시지만 살아온 거의 모든 기억을 잃으셨다.

우리 형제들은 크게 말썽 없이 얌전한 편이었다. 그림그리기, 만화책 읽기 등 정적으로 놀기를 좋아했다. 단지 잦은 지방으로 이사를 다녀야 했던 사촌 오빠만이 우리 형제들과 결이 달라서 동네 골목을 접수하고 다녔다.

별다른 특징없이 지낸 우리 가족들은 특별히 인상 깊거나 가슴 찡한 추억이 많진 않았지만 나의 유년 시절은 참으로 아련하고 늘 입가에 미소가 번지는 소중한 시간들이었다.

어른이 된 후 나는 남편을 7년 사귀면서 cc로 지내다가 때가 지나 당연한 듯 결혼하여 아이 둘을 낳았다.

아이들이 어릴 때 우리 가족은 남편 연구소가 위치한 지방으로 이사를 하였다. 서울에서 멀지않은 곳이었지만 30여년전 그 곳은 지금은 상상할 수 없을 만큼 시골이었다. 우리는 연탄을 때는 5층 주공아파트에 살았고 아파트 뒤쪽으로 나가기만 해도 넓게 펼쳐진 논들과 그 사이사이 그어진 논두렁 끝자락에는 야트막한 산자락 너머 높지 않은 산들이 둘러져 있었다.

휴일 이른 저녁이면 우리 가족은 늘 손을 맞잡고 그 곳으로 산책을 가곤 했다. 아이들이 깔깔거리며 뛰어가는 모습을 나와 남편은 꿀 떨어지는 눈으로 쳐다보며 그 뒤를 따라갔다. 처음 살아보는 시골 생활이 여유롭고 가슴 따스하게 여겨지는 순간이었다. 이지적이고 사려깊지만 냉철하고 무뚝뚝한 남편도 이 때만큼은 맘껏 감정을 표현하곤 하였다.

해는 뉘엿뉘엿 넘어가며 뿌옇게 붉은 그림자를 산골 사이사이에 뿌려놓고, 그 안에 안긴 우리 가족은 세상에서 가장 아름다운 풍경화가 되어 있었다.

 지금은 장성하여 둥지를 떠난 아이들이 기특하고 자랑스럽지만 그 때의 아름답고 소중한 시간은 예쁜 프레임에 넣어 내 마음 속에 고이 걸어두고 가끔씩 꺼내보고 있다.

 나는 지금도 그 시절, 시간들이 내 인생에서 가장 아름답고 소중한 최고의 순간이라고 생각한다.

 이남진 njeanlee@hanmail.net
 강남수요수필 회원

꽃 자주 랜드로바

최현정

　신발장을 정리하다 빛바랜 꽃자주색 랜드로바가 눈에 띄었다. 몇 번 버릴까 했지만 버리지 못하고 넣어 둔 게 새 신발에 밀리고 밀려서 안쪽 구석까지 들어가 있다. 끈이 없어서 신지도 못하면서 선뜻 버리지 못하는 데는 이 자주색 랜드로바에 대한 애착 때문이다. 이 애착은 아주 오랜 일이 되었다. 어쩌면 내 생애 최고의 순간과 늘 함께 기억되는 랜드로바여서 아직도 버리지 못하고 있는지 모르겠다. 그 때를 생각하면 지금도 가슴이 후두둑 뜨겁게 덮혀지는 것 같다. 생과 사를 가를 만큼 산고의 진통이 치열했던 날이었다.
　임산부가 産室에 들어가며 벗어 놓은 신발을 뒤돌아보고 눈물을 흘린다는 이야기가 있다. 아이를 무사히 낳고 다시 신을 신고 나갈 수 있을까 생각할 정도로 아이를 낳는 일은 목숨 건 일대사 큰일이기 때문이다. 나 역시 삼십 후반 늦은 나이에 아이를 낳기 위해 위해 분만대에 오르며 벗어놓은 신발을 그런 심정으로 뒤돌아 본 것 같다. 그때의 신발은 처녀때 부터 신던 것으로 임신 초기부터 태교를 위해 주변 산을 오를 때도 양재천을 걸을 때도 눈이 오나 비가 오나 만삭이 될 때 까지 무사안일 함께 한 든든한 신발 랜드로바였다.

 1996년 3월 16일, 내일이 출산 예정일인데 저녁 나절 부터 아랫배가 살살 아프며 싸느라이 느껴지기 시작했다. 화장실을 다녀와도 해결이 안 되는 아주 낯선 느낌의 엷은 통증이랄까 그 증상은 가시지 않고 강도를 조금씩 더해가며 한밤 내내 주기적으로 이어졌다. 지켜보던 친정 어머니는 산통이 시작 된 것 같다고 병원으로 가라고 하셨다. 남편은 내일이 예정일인데 설마 하며 날이 밝으면 가자는 눈치였다. 하지만 아이를 여섯이나 낳으신 어머니는 금세 낌새를 아시었던 것이다. 새벽 세시 반 신발장의 랜드로바를 꺼내 신고 남편을 따라 나섰다. 삼성의료원으로 실려 가는 길 대모산 산바람은 3월 중순 바람치고 무릎이 시릴 만큼 차갑게 느껴졌다. 새벽 산부인과 전등 빛은 희미하게 모두 졸고 있었다. 의료진이 없어서였는지 출산 기미가 아직 멀어서였는지 로비 긴 의자에 누워 기다리게 했다. 추위와 통증을 부여잡고 분만실에서 부르기를 기다리는 그 시간은 길고도 지루하게 느껴졌다. 아랫배 통증은 갈수록 강도가 더해 그간 자연분만을 위해 수개월간 익힌 진통의 흐름을 타며 하는 라마즈호흡법도 소용이 없게 된지 한참 만이었다. 분만실문이 열리고 간호사의 들어오란 손짓이 구세주처럼 느껴졌다. 분만실로 들어서며 내다 본 창밖은 희뿌연 새벽이 오고 있었다.

분만실만 들어가면 진통이 해결되리라 일말의 기대감은 금세 사라졌다. 손잡아주고 위로가 되주던 남편도 없는 분만실은 커다란 시계소리만 가득했다. 그나마 긴 의자에서 남편을 의지해 누워있던 시간이 오히려 낫겠다 싶을 만큼 의지 부지 할 데 없는 가운데 통증의 간격은 점점 좁혀 지면서 심해져갔다. 간호사가 시키는 대로 아랫배에 있는 힘을 주어 본다. 아기를 의식하며 나마즈의 분만법대로 통증의 흐름을 타며 呼와吸을 놓치지 않으려고 애를 써보지만 심한 통증 앞에선 소용이 없다. 젊은 인턴들인지 얼굴을 바꿔 가며 한 번씩 들여다 보고는 지나가는 소리로 힘을 왜 안 주냐고 다그친다. 진통은 신기하게도 계속 있는 게 아니고 강도 높은 진통이 지나가면 머리가 말개질 정도로 멀쩡하다는 것이다. 그 때는 생경하게 누워있는 내 자신을 보게 된다. 나는 지금 아이를 낳기 위해 분만대에 누워 있다. 가장 원초적인 포즈 적나라하게 드러낸 모습은 인간에 대한 최소한 예의도 이 공간에선 있어서는 허용이 안 되는 어쩌면 그냥 아이를 낳아야 하는 絶體絶命의 순간만이 이어질 뿐이다. 10개월간 태명을 부르며 함께한 아이가 이제 다 자라서 세상 밖으로 나오려고 용을 쓰고 있고 엄마 몸은 그것을 허용 해야만 하는 것이다. 자연분만으로 엄마가 된 사람들은 그 누구도 다 이 과정을 거쳐서 아이와 마주하는 것이다. 나도 지금 자기를 희생하는 아빠가시고기를 떠올리며 미물도 새끼를 위해 만신창이가 되고 죽어 제 몸까지 자식에게 보시하는데 나도 엄마 가시고기가 되련다. 무사히만 나와 다오. 간절한 기도가 거친 호흡과 함께 뒤엉켜 옴싹달싹 할 수가 없다. 그렇게 생사를 가르는 진통과 함께 오전 한나절이 지나고 내 몸은 땀과 눈물로 뒤범벅인 채 축축하게 젖은 몰골이다. 이건 인간의 아닌 살아있는 새끼를 낳는 동물의 원초적인 모습을 나도 하고 있구나. 이 과정 앞에 내가 나로 살아 있을 수는 없다.

잠시라도 진통과 싸우며 보는 시계는 너무도 더디게만 갔다. 허리까지 연결되어 오는 아랫배의 통증는 가이 상상을 할 수 없는 이적지 느껴보지 못한 찐한 아픔이다. 간간이 진찰하러 들르는 젊은 의사들은 침대 머리에 붙은 내이름을 부르며 "최** 힘 안줄꺼야" 여기선 반말도 예사다. "선생님 여기 적힌 나이보다 두 살이 더 많아요. 자연분만 고집하지 않을 테니 제발 수술해주세요." 누구도 귀를 기울여 주거나 아랑곳 하지 않는다. 진통은 저녁나절까지 이어졌고 주치의가 오면서 수습이 되었다. 아픔을 참을 수 없어 자연스레 내지르게 되는 비명소리와 자지러지기를 반복하고 있었던 중이었다. 이러다가 魂絶하는게 아닐까 두렵고 겁이 나기 시작했다. 나오려고 발버둥치는 태중에 아이와 나올 産道가 만들어지지 못하는 절체절명의 절박한 상황이었다. 후일 담엔 삼성의료원 개원 이래 가장 위험한 상황이었었다고 한다. 마침 일요일 쉬고 있던 주치의가 불려 나왔고 달려온 의사는 진찰을 하자마자 인턴들에게 지시한다. 산모의 몸이 분만 준비가 제로 상태이니 수술을 서둘러야 한다며 수술실 수술실 다급하게 외치는 소리가 들렸다. 의사의 지시대로 병상에 옮겨진 나는 수술실로 향하고 있었다. 내가 내지르는 아악 외마디 소리는 삼성의료원 건물전체를 집어삼킬 만큼 컸다. 어릴적 명절즈음 이웃집 돼지 잡을 때 소름끼치게 듣던 흡사 그 소리처럼 들렸다. 내가 내고 있다고 믿겨지지 않을 낯선 소리였다. 수술실로 실려 가며 내지르는 소리가 심상치 않았던지 의료진이 달려들어 팔에 주사를 꽂는다. 일순 아 약기운이 퍼지면서 통증이 가시어지고 갑자기 아주 아늑하게 그 어디로 빨려가고 있다는 느낌이 행복하게 느껴졌다. 의식은 거기서 멈춰 마취가 되고 있었던 것이다. 수술 들어간 시간이 6시45분이니 産痛과 24시간 이상을 사투를 벌인 셈이었다. 의식이 돌아 왔을 땐 아홉시가 넘은 시간이었다. 희미한 불빛아래 여기 저기 신음소리에 깨어난 나는 하얀 포프린 홑이불하나 덮인 채 회복하는 환자들 틈에 끼어 추위에 떨고 있었다. 낯익은 얼굴이 미소 띈 채 걱정스럽게 다가온다, 하루이상을 밖에서 서성이던 남편이다 .병상에 누워 입원실로 향하는데 남편은 잠깐 구경한 우리 아기가 잘 생겼다고 하며 위로를 해준다. 하루 온종일 분만실에서 어떻게 시간을 보냈는지 알 수 없으니 내 걱정 보단 태어난 아기가 이쁘다는 것이다.

　병원측에서 이튿날에야 내아기를 가슴에 안겨 주었다. 태중에 느끼던 아이를 실제로 안고 젖을 물려본다. 오물거리는 입 영글게 뜬 눈 마주 보고 있자니 전율이 느껴졌다. 형언할 수는 없지만 歡悅 歡喜란 단어가 이럴 때 적용이 되는 게 아닐까 생각해 보았다. 어미 가시고기가 되어 겪은 산고의 고통 그 후에 품에 안은 창조, 성공의 기쁨 등 그것은 내 생애 어디도 견 줄 수 없는 일이었다. 이 일은 아픔의 이력을 다시 쓰게 하고 기쁨의 환열을 느끼게 해준 내 생애 최고의 순간으로 자리매김 되었다.

　배를 가른 생채기가 아물 때를 기다려 퇴원 하는 날 남편은 그간 병원 신발장에 넣어 보관한 자주색 랜드로바를 내어 주었다. 꼭 열흘 만이었다. 아 랜드로바 날 기다려 주었구나! 아이를 품에 안고 다시 신어보는 랜드로바 가슴이 뭉클 했다.

그래서 내 아이랑 생애 최고의 순간을 함께한 자주색 랜드로바는 지금도 내 신발장을 지키고 있는지 모른다.

최현정 choiems@hanmail.net
강남수요수필 회원

내 인생 최고의 순간   한마디로 말한다면

그 때가 최고였어

★내 인생에 있어 4차 산업혁명처럼 가장 획기적인 순간이며, 말로 표현할 수 없을 정도로 기쁜 날이다. 수필이 태어난 장소는 신촌 현대 산부인과이다. -고응남-

★한라산 계곡 태고의 숲속같은 좁은 바위 틈 물에서 뿌리를 두고 펼쳐진 무지개였다. 나는 이 순간을 내 인생의 베스트 컷 중 하나로 꼽고싶다.-최명미-

★내 생애 최고의 순간은 , 나에게는 매 순간이 도전인 아이를 낳고 아이들과 함께하는 순간이다. 너무 어렵지만 그 도전들이 즐겁기도 하다.-신혜숙-

★완필한 사람은 열 한 명뿐이었다. 성탄절 미사 중에 제본된 필사본을 받고 로마 교황청에서 날아온 내 이름이 적힌 축복장을 받을 때는 50년을 살아온 내생에 가장 아름다운 순간이라 여겨졌다- 권옥희-

★ 6월 말경 마트에서 노란 색깔의 열매위에 "살 구"라 적한 것을 보았다.."아아 살구!" 깨어지고 터진 살구 몇 알을 주던 그 아이의 해 맑은 얼굴을 생각해 보면서 눈을 감아본다. -송춘옥 -

★초등학교 입학 무렵 인생 최고의 순간이라 느꼈던 제주 비행. 코로나 19 사태 이후 제주 즉흥적 여행은 기대하지 못했던 올여름 최고의 순간이 되지 않을까 싶다
 .-김은수-

★ 연구원이 괄목할만한 지위는 아니지만, 사회인으로 처음 인정받은 소중한 경험이었다. 이 순간만은 달이라도 붙잡을 수 있을 것 만 같았다. -이옥형-

★ 아이들과 꽃모종을 심기 시작했다. 그동안 풀 한 포기도 없는 삭막한 환경에서 자란 아이들은 신이 나서 채송화, 맨드라미, 봉숭아, 국화를 빼곡히 심고 매일 물을 주느라고 바빴다. 생의 최고의 순간이었다. -강의정-

★해는 뉘엿뉘엿 넘어가며 뿌옇게 붉은 그림자를 산골 사이사이에 뿌려놓고, 그 안에 안긴 우리 가족은 세상에서 가장 아름다운 풍경화가 된 그 시간들이 내 인생에서 가장 아름답고 최고의 순간이라고 생각한다.- 이남진-

★내 인생 최고의 순간은 가을 강변을 여유롭게 걷고 있는 오늘이다. 사랑하는 사람들과 건강하게 함께 할 수 있다면 분명 최고의 순간은 내일도 모래도 계속될 것이다. -강유진-

★아이를 품에 안고 다시 신어보는 랜드로바 가슴이 뭉클 했다. 그래서 내 아이랑 생애 최고의 순간을 함께한 자주색 랜드로바는 지금도 내 신발장을 지키고 있는지 모른다.-최현정-

2022년 리더스에세이 테마 집

그 때가 내 인생 최고였어

발행일	2022년 12월 20일
편집인	권남희
편집주간	전수림
편집장	임금희
편집위원	유영희	최명선	김종란	김화순	허해순	김단혜	전경미	허광호	신삼숙	함정은	김순자
발행처	소후 연락처 010-5412-4397
팩스	02-430-4397
주소	서울시 송파구 중대로 101.동부썬빌 311호
종이	씨그마
인쇄	삼덕
판매	교보문고	알라딘	예스 24	대구 세명 서점 등
이메일	likeparigian@naver.com
ISBN	979-11-90528-24-5

값 17,000원

*본지는 잡지 윤리 강령을 준수합니다